Johanna Spyri

Im Rhonetal

Johanna Spyri: Im Rhonetal

Erstdruck: Gotha, F. A. Perthes, 1880. Im Erstdruck wird das sechste Kapitel nicht ausgezeichnet.

Neuausgabe mit einer Biographie der Autorin
Herausgegeben von Karl-Maria Guth
Berlin 2017

Umschlaggestaltung von Thomas Schultz-Overhage unter Verwendung des Bildes: Pierre-Auguste Renoir, Alphonsine, 1879

Gesetzt aus der Minion Pro, 11 pt

Verlag: Henricus - Edition Deutsche Klassik GmbH
Mörchinger Str. 33, 14169 Berlin, info@henricus-verlag.de
Druck: Libri Plureos GmbH, Friedensallee 273, 22763 Hamburg

ISBN 978-3-7437-0955-3

Bibliografische Information der Deutschen Nationalbibliothek

Die Deutsche Nationalbibliothek verzeichnet diese Publikation in der Deutschen Nationalbibliografie; detaillierte bibliografische Daten sind im Internet über www.dnb.de abrufbar.

Erstes Kapitel

Auf den schmalen Kieswegen im Garten am stillen Landhause, das seit uralter Zeit ins Tal herniederschaute, schritt das achtjährige Töchterchen des Hausherrn auf und nieder, die Wege sichtlich in der Erwartung irgend eines Ereignisses messend, denn von Zeit zu Zeit stand es aufhorchend still, dann ging es wieder weiter rundum.

Jetzt ertönte in der Ferne das Rollen von Wagenrädern; in hohen Sprüngen rannte das Kind durch den Garten der schmalen Fahrstraße zu, die am Hause vorbeiführte. Hier stand es still und schaute die Straße hinab nach der Stelle hin, wo gleich ein Pferdekopf, oder deren zwei, in Sicht kommen mußten, gefolgt von einer Kutsche, die Besuch bringen sollte. Diesmal hatte die Erwartende keinen Begriff davon, wer die Fremden sein möchten. Am Abend vorher war ein Brief angekommen, der den Besuch ansagte; das Kind hatte einen Namen nennen gehört, der ihm ganz unbekannt war. Alle seine zahlreichen weiteren Fragen über die Sache waren in der allgemeinen Überraschung und in den sofort sich anbahnenden Vorbereitungen zum Empfang des Besuches unbeachtet verklungen. Um so spannender war die Erwartung, und etwas Besonderes mußte an dem Besuch sein, denn oben im Zimmer stand alles bereit, jemanden zu empfangen, der weit herkam und einer festlichen Begrüßung würdig war.

Jetzt wurden die Pferdeköpfe sichtbar. Blitzschnell war das Kind über den Platz weg, die Treppe hinauf und in der Hausflur angelangt, wo es nun mit voller Kehle ausrief: »Sie kommen! Sie kommen!«

Dann rannte es zurück nach der Straße, um mit seinen Augen zu sehen, wie die ersehnte Kutsche wirklich angefahren kam. Nun traten auch die übrigen Glieder des Hauses zum Empfang heraus. Der schwere, kofferbeladene Wagen lenkte in den Hof ein; nun hielt er stille. Der Schlag wurde geöffnet, und heraus trat eine große, schwarzgekleidete Dame, die krank und vornehm aussah, so daß sie dem mit Spannung zuschauenden Kinde gleich einen außerordentlichen Respekt einflößte. Dann stieg die begleitende Gesellschafterin heraus, auf deren Arm sich die Dame sogleich stützte, nachdem sie mit großer Freundlichkeit die Frau des Hauses und die übrigen Glieder begrüßt hatte. Jetzt sprang ein Junge aus dem Wagen mit einem so gewaltigen Anlauf, daß es ihn erst fast überschlug und dann weit über das notwendige Ziel des Absteigens hinausjagte, so daß er erst eine Strecke zurückkehren mußte, um der Familie des Hauses seinen Gruß zu bieten.

»Otto, wie kannst du?« hatte die Dame sanft mahnend bemerkt, als der Sprung vor sich ging und die Begrüßungen etwas unterbrochen hatte.

Nun war die Ordnung wiederhergestellt und die Gesellschaft stieg hinauf zum gastlich bereiten Empfangszimmer, wo bald Gäste und Hausbewohner im traulichen Gespräch am blumengeschmückten Tische saßen. Das Töchterchen des Hauses hatte sich hinter dem Stuhl seiner Mutter aufgestellt, um aus dem sicheren Verstecke teils die schwarze Dame auf dem Sofa, teils ihre Begleiterin in der Zimmerecke zur Rechten und den Jungen zur Linken mit Muße betrachten zu können. Aus dem Gespräch konnte das Kind entnehmen, daß die Dame aus dem Norden von Deutschland kam, daß sie mit ihrem Söhnchen auf einer Badereise begriffen sei und sich vorbehalten hatte, auf dem Wege dahin kurze Zeit in dem Hause zuzubringen, das durch langjährige Bande der Freundschaft mit einer ihr nahe verwandten Familie verknüpft war.

Schon mehrere Male im Verlauf des Gesprächs hatte das Kind von seinem Versteck aus bemerkt, wie der Junge sich bemühte, seinen Stuhl auf die beiden Hinterbeine zu stellen, so daß die vorderen in der Luft schwebten und es eines außerordentlichen Kunstgriffs bedurfte, sich dabei im Gleichgewicht zu erhalten. Die erschrecklichen Gebärden des Jungen zeugten auch von der großen Anstrengung, die ihn das Werk kostete. Das Kind hielt den Atem an vor Erwartung der ungeheuren Dinge, die sich ereignen konnten. Jetzt mußte der Junge rücklings überschlagen, mit seinen Füßen den kleinen Tisch hinter sich umwerfen und die große Blumenvase, die drauf stand, mit ins Verderben reißen.

Nein – er hielt sich wieder, aber er war dunkelrot, fast blau vor Anstrengung. Jetzt sah das Kind, wie die Dame sich vorbeugte, um hinter den Stuhl der Mutter sehen zu können, es verkroch sich noch etwas besser; aber sie winkte deutlich mit ihrer Hand, daß es zu ihr kommen sollte. Etwas erschrocken kam es aus seinem Versteck hervor, ging an dem gefährlich schaukelnden Stuhl vorbei und trat zu der Dame heran.

»Liebes Kind«, sagte diese, freundlich seine Hand ergreifend, »willst du meinen Jungen in den Garten führen und ihm deine Blumen zeigen?«

Sofort sprang der Junge vom Sessel; die Kinder traten miteinander aus der Türe. Das Heruntersteigen der hohen Treppe, die nach dem unteren Stockwerk führte, begann der Junge mit einem solchen Sprung, daß er viel schneller unten anlangte, als er selber vermutet hatte. Er kam zwar schließlich auf seine Füße zu stehen, aber mit ziemlicher Erschütterung.

Nun standen sie draußen. Der helle Sonnenschein lag auf dem freien Platz vor dem Hause. Wie ein abgeschossener Pfeil rannte der Junge über den ganzen Hof hin bis zum äußersten Ende, wo ein alter Birnbaum stand mit knorriger Rinde und weit ausgebreiteten Ästen. Hier hielt er an, lehnte sich mit dem Rücken an den Stamm und schaute mit weit offenen Augen das Mädchen an, das ihm nachgegangen war und nun, bei ihm angelangt, stille stand. Eine Weile guckten sich die beiden starr an. Der Junge stand unbeweglich an den Stamm gedrückt, seine runden blauen Augen wurden immer größer. Der Gespielin wurde etwas verlegen zu Mute.

Einmal stand sie ohne Halt im Rücken da, dann stieg ein mahnendes Gefühl in ihr auf, den ersten Schritt zu tun gegen den Gast zu irgend einer Unterhaltung. Was konnte sie nur tun? Er sah nicht aus, als ob er Blumen ansehen wollte. Sie sollte doch wenigstens etwas zu ihm sagen, aber wie nur anfangen? Es kam ihr absolut nichts in den Sinn. Die blauen Augen sahen sie immer strammer an, und die blonden Haare standen ganz struppig und wie eine Drohung auf dem Kopf des Jungen. Die Pause wurde immer peinlicher. Die Kleine schaute ringsum; war denn nichts da, worüber man etwas sagen könnte? Wenn sie sagen würde: Du hättest auch ein Bein brechen können, wie du so die Treppe hinabfuhrst. Nein, da konnte er böse werden, daß sie meinte, er sei so ungeschickt. Oder sie könnte sagen: Siehst du, wie viel Birnen es an dem Baum hat! Nein, das war ihm ja ganz gleich, er bekam doch keine davon. Aber jetzt – ein herrlicher Gedanke kam ihr in den Sinn, drauf mußte er doch antworten. »Wie heißest du?« fragte sie mit entschlossenem Ton.

»Paß 'mal auf!« entgegnete der Junge, immer noch strammen Blickes. »Ich heiße O. v. K. Was kannst du draus machen?«

Dem Mädchen kam augenblicklich ein Spiel in den Sinn, da man sich die Namen zu erraten gibt, aus deren Anfangsbuchstaben irgend welche mehr oder weniger sinnvolle Bezeichnungen des Namenträgers gebildet werden. Ohne langes Besinnen erwiderte es: »Daraus mache ich: O Vogel Kakadu! Jetzt ist's an dir: Ich heiße H. H., und daraus kannst du nichts machen.«

»Nicht? So paß 'mal auf!« Nun machte der Junge seinen Mund auf, und als ob ihn ein unwiderstehliches Lachen ergriffe, begann er: »Haha, haha, hahaha, hahahaha!« Das künstliche war in ein völlig natürliches Gelächter übergegangen, das nun auch die Zuhörerin ergriff und sie unaufhaltsam mit fortriß, so daß eine gute Weile lang die beiden Kinder aus vollem Halse drauf los lachten, eins immer das andere ansteckend.

»Jetzt siehst du, welch ein Gelächter dein Name gibt«, sagte endlich der Junge triumphierend. »Nun kannst du mich Kakadu nennen, und ich nenne dich Haha.«

Die Bekanntschaft war vollständig geschlossen. Wie einen alten Freund nahm Haha – eigentlich Hedwig genannt – den Jungen bei der Hand und führte ihn zu den sauber geschälten Baumstämmen, die an der äußeren Wand der Scheune aufgeschichtet lagen, weiterer Bearbeitung harrend.

»Wir wollen uns hier auf den Stamm setzen, so kann man viel besser schwatzen«, bemerkte Hedwig.

Der Junge war's zufrieden. Auf dem trockenen, sonnenbeschienenen Platz zu den Füßen der Kinder hüpften Scharen von Vögeln umher, die Körner aufpickend, welche öfters aus den Futtertrögen der nahen Scheune mit und ohne Absicht für die fröhlichen Tiere abfielen. Die

Kinder schauten vergnügt auf das pickende, hüpfende, zwitschernde Völkchen.

»Kannst du die Vögel voneinander unterscheiden und weißt du, wie sie heißen?« fragte jetzt Hedwig ihren Kameraden.

»Ich kenne die Kanarienvögel«, entgegnete er mit wichtiger Kennermiene. »Die Kanarienvögel leben in Käfigen, sind gelb und schreien fürchterlich.«

»Ja, aber es gibt noch viele andere Vögel, die leben auf den Bäumen. Da gibt es Amseln und Lerchen, Rotkehlchen und Distelfinken – o! jetzt kommt mir etwas in den Sinn«, unterbrach sich das Kind. »Denk, wir haben auch einen Vogel im Käfig, es ist ein Distelfink, aber jetzt ist er krank, seit sechs Tagen, und pfeift nicht mehr und steckt den Kopf immerfort in die Federn und frißt kein Futter mehr. Heute hab' ich ihn aber ganz vergessen, nun will ich gleich gehen und sehen, was er macht.«

Hedwig sprang von der Holzschicht herunter.

»Bring ihn einmal hierher«, rief der Junge nach, »ich weiß ein Mittel, wir können ihn gleich gesund machen.«

»Gewiß, gewiß?« fragte Hedwig zurück, vor Freude in die Höhe springend. Sie wartete keine Antwort mehr ab, schon war sie ins Haus hinein gerannt und verschwunden. Jetzt kehrte sie langsam trippelnd zurück. Sorgfältig hielt sie den zusammengekauerten Vogel in der hohlen Hand, die andere schützend darüber gebreitet! Der Junge lief ihr entgegen und sah sich den Fall an.

»Meine Kur wird ihm schon helfen, sie hilft für alle Krankheiten.«

»Welche Kur willst du mit ihm machen?« fragte Hedwig; »weißt du auch sicher, daß sie hilft?«

»Kaltwasserkur, die hilft ganz sicher, da habe ich schon so viel darüber sprechen gehört. Jetzt bringst du den Vogel hierher, komm, gleich zum Wasser.«

Die Kinder traten an den nahen Brunnen heran. Voll strömte das klare, kalte Bergwasser aus der weiten Röhre in den sauber gehaltenen, hölzernen Trog.

»Nun mußt du den Vogel mitten unter die Röhre halten«, ordnete der kundige Ratgeber an. Hedwig gehorchte. »So, noch ein wenig länger, daß der Vogel ganz durchgewässert wird. Nun ist's genug. Nun gehen wir und legen ihn in die warme Sonne, da wird er ganz durchwärmt und getrocknet, dann ist er gesund.«

Die Kinder gingen dem Garten zu. Da lag der Sonnenschein blendend heiß auf dem Mäuerchen am Ende des Kiesweges. Hedwig ging hinzu und legte den Vogel sorgfältig auf den warmen Stein nieder. Das Tierchen zuckte ein paarmal, dann streckte es die Beinchen lang aus und lag ganz still – es war tot.

»Oh! oh!« rief Hedwig, »wir haben den Vogel getötet!« Sie brach in lautes Schluchzen aus.

»Nein, nein, nur nicht weinen«, bat der Junge ganz geängstigt, »nur nicht weinen.« Er riß sein Tuch aus der Tasche und trocknete emsig die Tränen von des Mädchens Wangen und Augen, dabei in bittendem Tone wiederholend: »Nur nicht weinen! Tue mir nur den Gefallen. So, komm, jetzt ist's gut!« Noch einmal trocknete er die Tränen weg. »Siehst du, wenn du weinst, dann kann ich nicht mehr schlucken; gleich kommt's mir in den Hals und würgt mich abscheulich. Komm, nun müssen wir auch an das Leichenbegängnis denken. Nein, nein, fang nicht noch einmal an.« Hedwig hatte die letzten Tränen hinuntergewürgt. Die ängstliche Freundlichkeit des guten Kameraden ging ihr zu Herzen. »Ich weine ja nicht mehr«, schluchzte sie auf. »Was meinst du mit dem Leichenbegängnis?«

»Das will ich gleich alles sagen«, rief der Junge, indem er sichtlich erleichtert sein Tuch wieder in die Tasche steckte, »Nun müssen wir einen schönen Ort aufsuchen, da schaufle ich ein Grab auf, und der Vogel wird beerdigt. Du und ich, wir machen das Leichenbegängnis. Auf der Grabstätte singen wir ein schönes Lied, gleich fällt mir eins ein, so fängt's an: ›Morgenrot, Morgenrot, leuchtest mir zum frühen Tod.‹ Dann kommt ein Monument auf das Grab, da setzen wir eine Inschrift darauf zum ewigen Andenken an den Vogel.«

Die Sache gefiel Hedwig außerordentlich wohl.

»Ich weiß schon den schönsten Ort, dort unter der Vogelesche«, rief sie, »aber wart noch.« Damit rannte sie fort ins Haus hinein. Gleich war sie wieder da, eine Schachtel mit schön bemaltem Deckel in der Hand haltend. Der Junge besah sie.

»Das ist ein hübscher Deckel«, sagte er bewundernd, »sieh, wie der Jäger und die Hasen so nett gemalt sind. Und was mir noch gefällt, das find die roten Kornblumen zwischen den gelben Ähren. Was willst du mit der Schachtel?«

Hedwig wollte darin den Vogel begraben. Die schöne Schachtel lag ihr sehr am Herzen, die roten Kornblumen hatten sie immer besonders entzückt. Eben darum hatte sie diese gewählt, denn sie hatte ein tiefes Bedürfnis, dem getöteten Vöglein etwas Gutes zu tun, ein Opfer zu bringen. Das Tierchen wurde in die Schachtel gebettet auf weiches Moos, mit Blumen ringsum. Unter der Vogelesche grub der Junge ein tiefes Loch und legte die Schachtel hinein; dann schaufelte er voller Eifer die ausgegrabene Erde darauf. Nachdenklich stand Hedwig neben ihm und schaute zu.

»Jetzt ist der Vogel schon im Paradies«, sagte sie tief aufatmend, als der Junge einen Augenblick inne hielt, um Atem zu schöpfen.

»Wenn er seine Pflicht getan hat, sonst nicht«, versetzte dieser bestimmt, die Arbeit aufnehmend.

»Welche Pflicht; was meinst du?«

»Seine Vogelpflicht, wie er noch im Walde war: Futter schaffen für seine Familie, die Jungen gut abrichten auf das Ungeziefer und sein Nest in Ordnung halten. Siehst du, das ist so: Wenn einer seine Pflicht tut auf der Erde, so kommt er nachher in den Himmel; wenn er sie nicht tut, so fährt er in die Hölle.«

»Du bist recht bös und grausam«, rief Hedwig ganz entrüstet aus, »Erst haben wir den Vogel getötet in der Kaltwasserkur, und nun sagst du noch, er könne in die Hölle kommen.«

»Ich bin nicht schuld, wenn er ein pflichtvergessener Vogel war; da muß er seine Strafe haben, das ist nun einmal so, und da hilft nichts.«

Einen Augenblick stand Hedwig schweigend da. Plötzlich wandte sie sich und lief dem Hause zu.

»Doch, etwas kann ihm helfen, das weiß ich!« rief sie im Laufen zurück. Bald kam sie wieder daher gerannt. Das kleine Grab war unterdessen zugedeckt worden.

»Du mußt wieder alle Erde wegschaufeln, ich muß durchaus die Schachtel noch einmal aufmachen«, sagte Hedwig ernsthaft.

»Nie, in meinem Leben nicht, das tut man niemals mit Gräbern«, entgegnete der Junge mit strammer Haltung. »Komm, nun müssen wir singen.«

»Nein, nein«, bat Hedwig ängstlich, »ich will tun, was du nur willst, aber erst mach noch einmal die Erde weg, oder gib mir die Schaufel.«

»Was willst du denn tun?«

»Ich muß dem Vogel etwas mitgeben.«

»Mitgeben! Was kann man einem toten Vogel mitgeben?« sagte der Junge etwas verächtlich, doch war seine Neugierde wach geworden.

»Nur das, sieh!« Das Mädchen hielt ein kleines, zusammengerolltes Papier hin.

»Was ist drin? Zeig mal her.«

Aber Hedwig zog ihre Hand schnell zurück. »Nein, das sollst du nicht wissen, du würdest nur lachen, und es ist nicht zum Lachen.«

»Ich will nicht lachen, gib nur her«, drängte der Knabe. Das Mädchen zögerte.

»Ich wollte dir's wohl geben, wenn du mir versprechen würdest –«

Jetzt stieß der Junge seine Schaufel in die Erde, stellte sich vor das Mädchen hin und sagte mit grimmigernster Miene:

»Hör, nun will ich ein Wort sagen, und wenn ich etwas mit diesem Wort verspreche, so muß ich es halten; jetzt paß 'mal auf, Haha! auf mein Ehrenwort, ich will nicht lachen!«

Hedwig sah, daß es dem Jungen bitter ernst war. Sie übergab ihm das kleine Papier. Es war vielfach zusammengefaltet. Nun lag es offen; es fiel aber nichts heraus, wie der Knabe erwartet hatte. Drinnen stand mit großer Kinderschrift geschrieben: »Lieber Gott, sei du dem armen Vogel gnädig und nimm ihn in den Himmel.«

Der Junge hielt Wort. Mit unbeweglich ernstem Gesicht schaufelte er die Erde wieder weg und reichte die Schachtel dem Mädchen hin, das sein wieder gefaltetes Papier dem Vögelchen in den Schnabel steckte. Dann wurde die Schachtel in die Erde zurückgelegt und das Grab geschlossen. In diesem Augenblick wurden die Kinder ins Haus hineingerufen. Hand in Hand verließen sie die kleine Grabstätte und wanderten durch den Garten.

»Ich will auch noch Blumen darauf pflanzen«, sagte Hedwig, als sie an den Beeten vorbeigingen, »und wenn du wieder kommst, dann ist das Grab wie ein Garten.«

»Und ich will ein Monument aus Stein hauen lassen und mitbringen, das kommt mitten in die Blumen hinein. Bis dahin können wir uns noch besinnen, was darauf stehen soll, oder wollen wir es gleich ausmachen?«

Die Kinder waren an der Türe des Wohnzimmers angekommen, die sich eben öffnete. Man hatte auf sie gewartet, um zu Tische zu gehen. Die Frage blieb unbeantwortet. Die Kinder wurden gleich auf ihre Plätze gebracht; da hatten sie sich still zu verhalten, das wußten sie. Als man vom Tische aufstand, fuhr der Wagen vor, es war die festgesetzte Zeit zur Abreise. Auf allen Seiten wurde Abschied genommen. Der Junge hatte oftmals die Hand zu geben, ehe er an seine Gefährtin kam.

»Komm bald wieder«, sagte diese, als sie sich die Hände reichten.

»Ja, ja!« versicherte der Junge, »vergiß auch meinen Namen nicht, Haha, Haha!« lachte er hinzu.

Jetzt saßen alle im Wagen, der Kutschenschlag wurde zugemacht. Mit einem großen Sprung kam Hedwig nochmals heran; »mach, daß das Monument recht prächtig ausfällt«, rief sie in die Kutsche hinein. Allgemeine Heiterkeit bemächtigte sich zum Schluß der ganzen Gesellschaft; niemand hatte geahnt, daß die beiden, so kurze Zeit erst befreundeten kleinen Wesen sich schon in gemeinsame bauliche Unternehmungen eingelassen hatten.

Zweites Kapitel

Eine lange Reihe von Jahren war dahingegangen. Das Kind Hedwig war eine Frau geworden. Mit einem empfänglichen Gemüt für Freud' und Leid begabt, hatte sie beides in all den Jahren reichlich erfahren, so reichlich, daß ihr war, sie habe schon viel länger gelebt als ihre Altersgenossen, mit denen sie verkehrte.

Seit jener Zeit, da sie um ihren Vogel geweint, hatte sie noch anderes zu Grabe tragen müssen, das ihr noch mehr am Herzen gelegen als das Tierchen, das draußen unter der Vogelesche lag. Es stand kein Monument auf jener Stelle. Wochen und Monate lang hatte vor Zeiten Hedwig nach ihrem Freunde ausgeschaut, ob er nicht den Weg herauf komme und hinter ihm her ein wundervolles Monument auf einem ungeheuren Wagen. Aber er kam nie. Die Apfelbäume hatten ihre Früchte gebracht, der weiße Schnee war darauf gefallen, sie hatten wieder geblüht und hatten wieder entblättert dagestanden. Und immer wieder, durch die vollen und die leeren Zweige hatte Hedwig nach den Pferden ausgeschaut, die dort unten erscheinen sollten: aber sie kamen nicht.

Der Besuch der Baronin v. K. in Hedwigs Familie war durch die gemeinsamen Freunde herbeigeführt worden; dabei blieben die Beziehungen stehen und hatten keine weitere Berührung zwischen den beiden Familien zur Folge. Dafür hatte Hedwig kein Verständnis. Der junge K. war ihr Freund geworden, er mußte wiederkommen, wie er versprochen hatte. Lange freute sie sich auf seine Wiederkehr; dann grämte sie sich, daß er immer nicht kam; dann vergaß sie Gram und Freude über neuem Gras und neuen Blumen, die darüber wuchsen und abfielen, und so wurden Jahre daraus, und ein gutes Stück vom Leben lag schon hinter ihr.

Eben war Hedwig aus einer Krankheit erstanden, die sie den ganzen heißen Sommer lang in die Stille des Zimmers gebannt hatte. Schon röteten sich die Blätter im Walde, und die Morgen- und Abendnebel zogen um die heimatlichen Fluren der Genesenden, als ihr der Arzt verordnete, die Herbstwochen in einer sonnigeren Luft zuzubringen, im milden Rhonetal, wo, von Bergen rings umschlossen, ein grünes Plätzchen Erde liegt, geschützt vor allen Winden, geschmückt mit Weinlaub und Kastanienwald bis an den Fuß der grauen Felshörner hinan, deren Schneegipfel hoch ins Himmelblau ragen.

Hedwig war in dem ihr empfohlenen Pensionshause angekommen. Diejenigen ihrer Bekannten, die von dem Orte wußten, hatten ihr das Haus als eine der kleineren Pensionen geschildert, die reichlich an den Ufern des sonnigen Leman bis weit hinauf ins Rhonetal ausgesäet sind. So hoffte Hedwig mit wenigen Personen sich da zusammenzufinden, sie traf aber gegen sechzig Gäste an. Im ersten Augenblick war ihr sehr unbehaglich dabei zu Mute; aber bald besann sie sich und fand, daß der einzelne in der Schar sich eher verlieren könne als unter wenigen, und diese Aussicht war ihr lieb, denn ihr Wunsch war, für sich zu bleiben, in der Stille das schöne Land zu durchstreifen und alle lieblichen Wege zu entdecken, die durch diese Wälder und Gründe und über die grünen Hügel hin führen mußten. Hier, wo keiner nach ihr fragte, konnte sie auch so ungestört ihrem Hang zum Sinnen und Träumen folgen. Hedwig hatte von einer Bekannten einen Gruß mitgebracht an eine Frau v. L., die sich im Pensionshause befinden mußte. Es war eine freundliche Fürsorge der Bekannten für Hedwig, daß diese jemanden finden sollte, zu dem sie sich halten konnte, um sich nicht verlassen zu fühlen unter all den fremden Gestalten. Aber Hedwig ließ Tag um Tag dahingehen, ohne den Empfehlungsbrief abzugeben; sie empfand gar kein Verlangen, Frau v. L. aus all den Gästen herauszusuchen und sie anzureden, und da dies ja nur zu ihrem eigenen Besten geschehen sollte, konnte sie es gut unterlassen.

Es waren liebliche Herbsttage. Jeden Morgen, wenn Hedwig auf die sonnenbeschienene Veranda am Hause hinaustrat, kam sie die Sehnsucht an, auszuziehen zu dem noch dichtbelaubten Kastanienwald hinüber, der die alte Schloßmine umkränzt, oder hinauf, den Rebenhügel entlang, bis zu der Bank am Waldessaum, wo wieder die reichbelaubten Kastanienbäume ihre Kronen im Blau des Himmels wiegen und der schmale Weg sich immer weiter schlängelt durch

Mooslager und duftende Waldgründe bis hinauf zum Signal der Berghöhe.

Nachsinnend, welchen Weg sie einschlagen wollte, stand Hedwig am fünften Tage nach ihrer Ankunft in der Veranda und wollte eben ihre Wanderung beginnen, als eine ältere Dame mit kurzen, trippelnden Schritten ihr nahte und sich ihr als Frau v. L. zu erkennen gab.

Durch einen Brief der gemeinsamen Bekannten von Hedwigs Anwesenheit in Kenntnis gesetzt, hatte die Dame diese sofort herausgefunden aus der Menge und wollte sich ihr, wie sie sagte, gerne freundlich bezeigen. In der Art und Weise der Frau v. L. lag etwas Huldvolles, fast Gnädiges; ein gütiges Lächeln lag auf ihrem Gesichte, wenn sie sprach. Eine schwarze Hülle, halb Tuch, halb Schleier, hing ihr um den Kopf und sah etwas tragisch aus. Die glatt gestrichenen Haare darunter waren noch ganz ohne Grau, doch machte das Gesicht und die ganze Erscheinung eher den Eindruck von vorgerückterem Alter. Die spitze Nase gab dem Ausdruck des ganzen Wesens etwas Scharfes. Die Stimme der Frau hatte einen bestimmten, fast harten Ton, aber sie sagte eher liebevolle Worte: »Und warum haben Sie sich nicht gleich an mich gewandt, meine Werteste? Wie sehr hatte ich mich gefreut, etwas für Sie tun zu können.«

Hedwig war beschämt von der Freundlichkeit, die sie so wenig verdient hatte. Sie wollte etwas ähnlich Freundliches darauf antworten, aber sie brachte nichts heraus, die Worte blieben ihr im Halse stecken. Noch einmal machte sie eine Anstrengung, aber es ging nicht. In der Art und Weise der Frau v. L. war etwas so Befremdendes für Hedwig, daß sie sich nicht darin zurechtfinden konnte. Sie war fast unangenehm von dieser Art von Freundlichkeit berührt; aber gleich nachher warf sie sich's innerlich vor: wie konnte sie so undankbar gegen ein wohlwollendes Entgegenkommen sein? Sie dankte Frau v. L. für ihre Zuvorkommenheit und sagte der Wahrheit gemäß, sie habe gern diese ersten Tage dazu benutzt, sich auf den schönen Wegen umzusehen und ringsum Feld und Wald kennen zu lernen, wobei sie sich nie einsam fühle; auch sei ihr das Alleinsein nie zur Last.

Frau v. L. erwiderte, es sollte doch jeder fühlenden Seele lieber sein, sich mit Gleichgesinnten zusammenzufinden, als allein zu bleiben; es wäre auch jedem von größerem Gewinn; es würde ihr daher Freude machen, Hedwig hier und da auf ihrem Zimmer zu empfangen zu einem für beide wohltätigen Gedankenaustausch. Auch könnten sie gemeinsame Spaziergänge unternehmen, um sich dabei an guten Gesprächen zu erfreuen und zu erheben. Es war alles wie mit Vorwurf gesprochen, obschon er in keinem Worte ausgedrückt war. Es war aber doch nur Wohlmeinenheit und die beste Absicht, die Frau v. L. zu diesen Vorschlägen treiben konnte; warum konnte nur Hedwig keine Freude daran haben, warum konnte sie nicht mit Herzlichkeit auf das Anerbieten eingehen und sich der Frau anschließen? War es diese deutlich zu Tage tretende, wenn auch noch so gute Absicht? War es der Mangel alles Einnehmenden im Wesen, wie in der Erscheinung dieser Frau; war es das Zwiespältige, das in einer unverkennbaren Schärfe des Tones und den freundlichen Worten, die sie sprach, lag, was auf Hedwig einen erkältenden Eindruck ausübte, während sie sich alle Mühe gab, sich innerlich der Frau v. L. zu nähern? Hedwig war nicht im stande, auf die gemachten Vorschläge einzugehen; sie antwortete ausweichend, sie tue wohl besser, für sich zu bleiben, ihr seien lange und häufige Gänge vorgeschrieben, die für andere leicht ermüdend wären.

»Sie haben wohl schon andere Bekannte unter der Menge gefunden«, sagte Frau v. L., diesmal mit unvermischt herbem Tone; »jeder sucht sich seinen Umgang nach seinem Herzen.«

»Ich kenne keinen Menschen hier«, entgegnete Hedwig, »habe auch nichts getan, irgend welche Bekanntschaften zu machen, ich war am liebsten allein.« »Wie dem auch sei«, bemerkte Frau v. L., in einen milden, resignierten Ton übergehend, »Sie werden in mir immer eine teilnehmende Freundin finden, wenn Sie je das Bedürfnis nach einem tieferen Umgang empfinden sollten.« Nach diesen Worten entfernte sich die Dame mit den kurzen, trippelnden Schlitten, die ihr eigen waren. –

Diese erste Begegnung mit einem der Kurgäste machte Hedwig keinen Mut zu anderen Anknüpfungen, sie wollte bei ihren einsamen Wanderungen verbleiben. Sie ging durch den Garten dem hölzernen Pförtchen zu und trat auf die schmale Straße hinaus, die unter den großen Walnußbäumen hin in den Wiesengrund und nach dem bewaldeten Ruinenhügel hinaufführt. Ein milder Sonnenschein lag auf dem Wege, der schon mit gelben Herbstblättern bestreut war. Durch die hohe Weißdornhecke drüben schimmerte es weiß herüber, es mußte die Mauer sein, die rings um den Gottesacker führte. Ob man hineingehen könnte? fragte sich Hedwig. Überall suchte sie gern diese Stätte auf, wo es wie Friedensluft um all' die Hügel weht, da die ruhelosen Herzen ausruhen und aller Aufruhr stille wird. Das Tor war geschlossen; aber weiterhin die kleine Pforte stand halb offen, Hedwig ging hinein. Es sah ziemlich verwildert aus auf den Gräbern, aber der Sonnenschein lag lieblich auf dem grünen Rasen, und da und dort blühten noch ein paar späte Rosen am halb entblätterten Strauch. Hedwig setzte sich auf den trockenen kurzen Rasen, der ein Grab bedeckte, das keinen Namen trug. Völlig still und von allem Erdenverkehr abgetrennt lag die Stätte, kein lebendes Wesen war über die hohe Mauer hin mehr sichtbar, nur die beschneiten Felsenhäupter und die dunkeln Wipfel des fernen Waldes schauten groß und schweigend hinein. Hedwig hatte, in ihre Gedanken versunken, lange dagesessen, als sie von lauten Stimmen aufgeweckt wurde, die sich dem Friedhof nahten.

»Da drinnen geistet's«, schallte es jetzt über die Mauer.

»Ah!« ertönte eine andere, helle Männerstimme, »laß 'mal sehen! Wahrhaftig! das ist die weiße Dame!« Und einen tiefen, schauererfüllten Ton annehmend, fuhr sie fort:

»Die weiße Dame, mich ängstet sie.
Funkelnden Blickes gespenstet sie.«

Hedwig schaute auf. Über der Mauer waren drei Köpfe sichtbar, weiter gar nichts, ganz so, als lägen sie auf der Mauer und hingen mit nichts weiter zusammen.

»Sie hat uns gehört«, sagte jetzt einer der Köpfe.

»Gehört!« höhnte der zweite. »Kein Mensch spricht deutsch hier herum, und die fremden Gäste gehen nicht auf die Kirchhöfe.« Die

Köpfe verschwanden. Ein Heller Gesang ertönte, erst nah, dann weiter weg:

»Die weiße Dame kann uns hören« – –

Nun erlosch der Ton.

Hedwig stand auf; sie hatte ja eigentlich den Ruinenhügel besteigen wollen. Sie ging unter den Walnußbäumen hin dem Wiesengrunde zu, wo die letzten unscheinbaren Häuser des Fleckens sich nach und nach verlieren. Beim letzten Häuschen stand ein alter Kirschbaum, der seine Äste weit ausbreitete; Hedwig kam nahe daran vorbei.

Unter dem Baume, an den Stamm gelehnt, stand eine Art von Lehnstuhl, darauf saß eine kleine Figur, von der nur Kopf und Arme zu sehen waren, der übrige Körper war bis hoch hinauf mit einer weiten, grauen Decke zugedeckt.

Hedwig trat näher, sie dachte, eine Kranke oder eine gebrechliche Alte suche hier Erholung an der frischen Luft. Es war ein Kind, das in dem Sessel saß. Ringsum war alles still und leer, kein Mensch war zu sehen noch zu hören. Hedwig trat zu dem Kinde heran. Mit den mageren Händchen zupfte es emsig Wolle; das blasse Gesichtchen hatte einen leidenden, fast alten Ausdruck.

»Bist du krank, Kind?« fragte Hedwig.

»O nein«, antwortete das Kind, indem es mit zwei eigentümlich forschenden Augen zu Hedwig aufschaute und sie eine Weile nachdenklich auf dieser ruhen ließ. Es legte nun seine Wolle beiseite und wartete sichtlich auf die Folge des Gesprächs. Hedwig fragte nach der Mutter und den Geschwistern und warum es denn ganz allein da sitze. Sie seien alle im Felde und kämen erst zum Mittag und manchmal auch erst am Abend wieder, berichtete die Kleine.

»Du mußt aber doch krank sein«, sagte Hedwig, »du würdest wohl sonst auch mit ihnen gehen.«

»O nein, ich bin nicht krank«, entgegnete das Kind; »aber ich sitze immer hier, nur nicht im Winter. Es ist so, weil ich nicht bin wie die andern; ich kann nicht gehen.«

Hedwig schaute nach des Kindes Füßen; sie waren beide völlig wie Lappen, ganz ohne Knochen, das Kind mußte so geboren sein, das konnte keine Krankheit verursacht haben.

»So konntest du nie gehen, nie auf deinen Beinchen stehen?« fragte Hedwig teilnehmend.

»Nein, nie, und ich habe so oft zugeschaut, wie sie's machen.« Das Kind wurde ganz eifrig. »Mariette und Annette und Battiste und François, alle machen nur so mit den Beinen, wie ich mit den Armen tun kann, und dann kommen sie schon vorwärts und ganz schnell, und ich konnte es nie nachmachen und habe es so viel probiert.«

»Du armes Kind«, entfuhr Hedwig unwillkürlich, »Kannst du auch nichts anderes tun, als Wolle zupfen? Tust du so immerfort dasselbe?«

»O nein«, sagte das Kind, »ich weiß auch eine Geschichte, und darum erwarte ich immer etwas, vielleicht kommt es noch, wenn Sie ein wenig dableiben.«

Hedwig schaute das Kind genau an. Nein, einfältig konnte es unmöglich sein; diese forschenden Augen hatten einen durchaus geistigen Ausdruck.

Jetzt hörte man Stimmen und Getrappel von großen und kleinen Füßen, die sich nahten. Rennend kam voran eine Schar kleiner Buben und Mädchen daher, hinterdrein folgten mehrere Frauen mit Hacken auf den Schultern, Das lahme Kind hatte sich vorgebeugt und schaute mit durchdringenden Blicken auf die rennenden nackten Füße. »Sehen Sie, sehen Sie!« rief es ganz erregt, indem es auf die Kinderfüße deutete; »so machen sie's immer ohne Mühe, O wie sie laufen, und ich kann es gar nicht nachmachen.« Eine der Frauen kam zu dem Kinde heran.

»So, Juliette, hast du Besuch?« fragte sie, indem sie sich mit höflichem Gruße zu Hedwig wandte. Es war die Mutter des lahmen Kindes. Hedwig erkundigte sich bei ihr nach dem Zustande der Kleinen und fand gleich bereitwillige Auskunft. Das Kind sei mit den lahmen Beinchen zur Welt gekommen; man habe dann alles angewandt, was hätte helfen können, den Doktor gebraucht dann eine Frau, die Kräutersalbe mache, und auch einen, der die Krankheiten mit Beschwörung heile, aber es habe alles nichts geholfen. Das Kind sei auch sonst schwächlich, der Doktor sage, es gehe nicht lange mit ihm. Sonst sei Juliette ein gutes Kind und mache es ihr nicht schwer; sie müsse eben ihrer Arbeit nachgehen und das Kind da sitzen lassen, oft ganze Tage lang. Hedwig fragte, was denn das Kind damit meine, daß es immer etwas erwarte, wie es ihr eben mitgeteilt hatte.

»Ah so«, sagte die Frau, »ich bin oft recht froh, daß es so etwas glaubt. Wenn es am Morgen weinen will, wenn wir alle fort gehn – denn die Kleinen muß ich immer mitnehmen, sonst fällt mir eins ins Wasser und eins ins Feuer, denn etwas stellen sie immer an –, sag' ich nur: ›Sei brav, Juliette, weißt du, heute könnte wohl etwas kommen, es ist mir grad' als wäre es ein Tag dazu.‹ Dann ist sie gleich zufrieden und schweigt still und sitzt ganz geduldig da den Tag hindurch und horcht auf alle Seiten hin. Es kommt von einer Geschichte her, die hat ihr einmal ein Töchterchen erzählt, das da herum in Pension war und manchmal bei Juliette niedersaß, wenn es vom Spaziergang kam. Es ist aber schon mehr als ein Jahr seither; zuletzt wird ihr schon der Glaube daran vergehen.«

Diese letzten Worte konnte Juliette nicht mehr hören; sonst hatte die Mutter alles vor ihr verhandelt, wohl wie viele annehmend, vor den Kindern könne alles ausgesprochen werden, da diese nicht verstehen, was große Leute sich sagen, obschon sie gewöhnlich so gut aufpassen, daß sie oft die Dinge schneller fassen, als die großen Leute untereinander selbst es tun.

Die Frau war mit Hedwig dem nahen Hause zugegangen. Jetzt, an der Türe stehend, entschuldigte sie sich, sie sollte hinein, um das Essen zurecht zu machen. Hedwig kehrte noch einmal zu der Kleinen zurück.

»Willst du mir nicht auch deine Geschichte erzählen?« fragte sie das Kind. Es war gleich bereit dazu und erzählte sehr lebendig seine einzige Geschichte. Es war eine der Variationen vom armen Kinde, das tat, was es sollte, und war brav und folgsam. Es hatte aber gar nichts, das ihm gehörte; darüber war es traurig, aber es murrte nicht. Und wie es einmal am Spinnrädchen saß, kam eine schöne Dame herein und sagte: »Allen armen Kindern, die nicht murren, mache ich einmal eine Freude; was willst du haben?« Das Kind antwortete:

»Ich habe gar nichts, alles macht mir Freude.« Da rollte es auf einmal auf dem Tisch herum von goldenen Nüssen und Äpfeln und weißen Semmeln und Zuckerkuchen und Bilderbüchern und allen schönen Sachen, o so schön, wie es solche nie gesehen hatte. Des Kindes Augen glänzten immer mehr, wie es die Herrlichkeiten aufzählte; es war, als sähe es sie alle vor sich liegen.

»So hörst du gerne Geschichten erzählen, Juliette?« fragte Hedwig.

»Ja gewiß«, erwiderte das Kind lebhaft, »aber ich weiß nur diese; und so kann es mir auch gehen, wenn ich nicht murre, jeden Tag kann ich es erwarten.«

»Wenn ich das nächste Mal zu dir komme, will ich dir auch etwas erzählen; willst du?« Hedwig hielt der Kleinen ihre Hand zum Abschied hin.

»O ja, ich will wohl!« entgegnete das Kind und hielt die dargebotene Hand fest, wie um erst seiner Sache sicher zu werden, bevor es sie wieder losgab. »Wann kann die Geschichte kommen?«

Hedwig versprach, schon den folgenden Tag die Geschichte zu bringen, dann ging sie. Wie sie noch einmal zurückschaute, sah sie das Kind vorgebeugt, seine klugen Augen unbeweglich auf ihre Füße gerichtet.

Als Hedwig hinter den Nußbäumen hin nach dem Pensionshause zurückging, mußte sie sich fragen, wie es möglich war, daß das Kind seine Geschichte dergestalt in die Wirklichkeit übersetzt hatte, daß sie von Tag zu Tag in seinem eigenen Leben fortspielte. Freilich, es war die einzige, die es je erzählen gehört hatte. Dazu, wie wenig kam es in Berührung mit der übrigen Welt durch seine Unbeweglichkeit, und lebendig angelegt, wie es war, wie stark mußten alle Eindrücke seine Seele erfassen und in dieser Abgeschlossenheit darin fortwirken.

Eben schlug es zwei Uhr, als Hedwig durch den Speisesaal nach ihrem Zimmer hinauf eilen wollte, sich bereit zu machen, denn die Tischglocke mußte gleich ertönen. Im Saal hielt sie das Zimmermädchen an, ein großes Buch ihr hinhaltend: der Herr des Hauses ließe sie bitten, ihren Namen einzutragen, was alle Gäste zu tun hätten, die längere Zeit dablieben. Hedwig tat, wie sie geheißen ward. Dann überflog sie die Namen der Fremden, die da standen, sie kannte nicht einen. Es waren Deutsche, Engländer, Franzosen, auch einige Schweizernamen da. Und hier? Was? Baron O. v. K.

Diesen Namen kannte sie, hatte sie wenigstens einmal so gut gekannt. Sollte es ihr ehemaliger Freund sein? Freilich, ein anderer konnte ja auch denselben Namen tragen. Wenn sie ihn nur sehen könnte, sie müßte ihn gleich erkennen, das war ihr gewiß. Ein sonnensüßer Frühlingstag stieg vor ihr auf, wie sie den Namen wiederholte und mit ihm die tief gegrabenen Eindrücke einer längst vergangenen Zeit. Sollte der alte Freund wirklich noch einmal zum Vorschein kommen? Und wenn er es war, was dann? Er wußte vielleicht nichts mehr von jenem lang vergangenen Tag der Kindheit. Wie oft schon hatte Hedwig erfahren, daß andern die Erlebnisse aus den Kinderjahren gänzlich entschwunden waren, die noch so lebendig vor ihr standen, daß ihr ein Vergessen unbegreiflich war. Es konnte ja so bei ihm sein wie bei andern. Sie wollte auch keine Annäherung suchen; aber ob sie ihn erkennen könnte, das mußte sie versuchen. Kaum hatte sie ihr Zimmer betreten, als auch schon der Ruf der Glocke erscholl und sich nach und nach die zahlreiche Gesellschaft an den zwei langen Tischen versammelte. Bald ertönte ein lautes Gewirre von allerlei Sprachen im Saal, und jeder war mit sich selbst und seiner Nachbarschaft so beschäftigt, daß Hedwig unbemerkt ihre Augen herumgehen lassen konnte, ob sie einen alten Bekannten erkennen möchten. Aber wenn sie auch hier und da auf einen blonden oder hellbraunen Kopf einen Augenblick geheftet blieben, sie gingen gleich wieder weiter; so konnte er nicht geworden sein. Aber der eine von jenen dreien, die nebeneinander saßen, alle drei hohe stattliche Figuren, hatte der nicht einen ganz bekannten Blick? Jetzt lachte er auf – das war O, v. K. und kein anderer! das waren die offenen, blauen Kinderaugen noch, das waren die immer noch etwas struppigen, blonden Haare, das war sein volles Lachen, das sie kannte.

Hedwig war überzeugt, daß dieser Herr der Baron O. v. K. war. Aber hatte sie nicht diesen Kopf schon irgendwo gesehen, lange nach der Kinderzeit, so wie er jetzt war? Jetzt fiel es ihr ein: es war einer von denen, die heute auf der Mauer erschienen waren; es war der, welcher heruntergeklamiert hatte. Wie merkwürdig jung der Kopf geblieben war! Das war wohl mit dem ganzen Wesen des Barons der Fall, nach der heutigen ersten Begegnung zu schließen.

Man stand von der Tafel auf. Die meisten der Gäste gingen der Veranda und dem Garten zu, wo sie sich durch die Wege zu den Ruhebänken und unter die alten Nußbäume hin verloren. Hedwig stand an einen Pfeiler der Veranda gelehnt und schaute nach dem grünen Wiesengrunde hinaus, auf dem die Abendsonne lag. Erst nach einiger Zeit bemerkte sie, daß nicht weit von ihr auf dem Gartenwege die drei Gestalten mit den ihr bekannten Köpfen standen und, in gedämpftem, aber eifrigem Gespräch begriffen, von Zeit zu Zeit die Köpfe noch näher zusammensteckend, dann wieder sich umwendend, nach ihr hinblickten, um nachher Rede und Gegenrede noch eifriger aufzunehmen. Hedwig verließ den Platz und ging über die Veranda der Saaltüre zu. In dem Augenblicke kamen die drei Herren direkt auf Hedwig zu, als wären sie an dieselbe abgesandt worden. Mit Höflichkeit verneigten sie sich. Der vorderste trat näher heran – es war Baron O. v. K.; Hedwig zweifelte keinen Augenblick mehr.

»Gnädige Frau«, begann er, in demütiger Haltung vor ihr stehend, »wir kommen, Sie um Verzeihung zu bitten für einen unpassenden Scherz, den wir uns heute in Ihrer Nähe erlaubt haben. Eben haben wir Sie wiedererkannt, und da einer meiner Freunde Sie deutsch sprechen hörte, wußten wir, daß Sie uns verstanden haben mußten. Wir dürfen aber wohl hoffen, daß Sie unseren unzeitigen Spaß nicht als persönliche Beleidigung aufgefaßt haben und uns Ihre Vergebung nicht verweigern werden. Darf ich Ihnen meine Karte« – damit überreichte er diese der vor ihm Stehenden; sie las: Baron O. v. K.

»Der harmlose Scherz bedarf ja keiner Vergebung«, erwiderte Hedwig; »doch möchte ich fast wünschen, es wäre so, um mich einem alten Bekannten in dem günstigen Augenblick des Gefälligseins in Erinnerung zu rufen.«

Der Baron machte seine blauen Augen erstaunlich weit auf und schaute Hedwig so stramm an wie damals, als er an den Birnbaum gelehnt stand und sie nichts zu sagen wußte.

»Sie können mich nicht mehr erkennen, es ist zu lange her, seit wir uns gesehen haben; auch wenn ich Ihnen meine Karte gäbe, so fänden Sie keinen bekannten Namen darauf; damals, als wir uns kannten, hieß ich H. H.«

Einen Augenblick noch blieb der stramme Blick auf Hedwig geheftet; der Baron war sichtlich im dunkeln. Jetzt plötzlich schoß es wie ein helles Lachen in seine Augen.

»Was? Nicht möglich! Wahrhaftig! Haha! Haha? Hahaha! Köstlich! köstlich!«

Der Baron hatte die Hand, die Hedwig ihm zum Gruß geboten, ergriffen und schüttelte sie fortwährend.

»Nein, die Erinnerung ist herrlich! Und haben Sie auch den Vogel Kakadu noch im Sinn?«

Ein überwältigendes Gelächter kam den Baron nochmals an. »K. muß an zeitweiligem Wahnsinn leiden«, bemerkte jetzt einer der Freunde, die bisher in Erstaunen dagestanden hatten. Der Baron wandte sich zu ihm.

»So schlimm steht es nicht; daß ich aber vor lauter Freude über eine alte Erinnerung nicht aller Höflichkeit vergesse − −«

Hier stellte er den Freunden Hedwig als seine älteste Freundin vor, mit ihrem Namen mußte sie freilich selbst nachhelfen. Die Herren wurden ihr als Freunde und Vettern bekannt gemacht, die dem Baron einen flüchtigen Besuch vergönnt hatten, ihn aber schon wieder folgenden Tages verlassen wollten, um ihre Schweizerreise fortzusetzen. − Die Gesellschaft hatte sich nach und nach wieder zum Hause zurückbegeben und war durch die verschiedenen Türen hinein verschwunden. Die Abendluft wurde kühler. Drinnen im Saal ertönte Musik; Hedwig schlug vor, diese anzuhören. Die kleine Gruppe trat in den Saal, wo sich an verschiedenen Tischen je die Bekannten zusammengesetzt hatten. Nahe der Türe waren noch freie Plätze, wo die Eintretenden sich niederlassen konnten. In ihrer Nähe saß eine einzelne Dame, die Hedwig schon mehrmals bemerkt hatte, wie sie, gleich ihr selbst, allein umhergewandert war, oder an einem einsamen Platze sich niedergelassen hatte. Jetzt saß sie in ihrer Ecke, unverwandt auf ihre Arbeit niedergebeugt, und schien sich durchaus um keinen

Anwesenden zu kümmern. Es wurde längere Zeit fortmusiziert. Ein junges Mädchen sang hübsche, bekannte Weisen. Jedermann war angesprochen davon und sprach leiser oder lauter seine Freude darüber aus. Nur die Dame erhob nicht ein Mal ihre Augen, noch gab sie ein Zeichen der Teilnahme von sich. Hedwig mußte immer wieder nach ihr blicken. Wie von einer drängenden Gewalt getrieben, fuhr die Nadel immer rascher dahin, und es war, als zitterte die Hand vor Hast, noch mehr, noch eiliger fortzuarbeiten. Es wurde Hedwig ganz eigen zu Mute, fast unheimlich; sie konnte ihre Augen nicht mehr von den rastlosen Händen abwenden, sie konnte auch unbemerkt darauf hinsehen, nicht ein Mal hob die Dame ihren Blick empor.

Als man sich später aus dem Saal entfernte und gegenseitig verabschiedete, wandte der Baron sich nochmals an Hedwig mit Ausdrücken der Freude über das Wiederfinden einer alten Freundin mitten unter so vielen fremden Gestalten in fremdem Lande.

»Das muß ich meiner Mutter schreiben«, schloß er; »wie wird es sie interessieren, von Ihnen zu hören, und auch beruhigen, mich in so guter Gesellschaft zu wissen. Sie steht die größten Ängste aus, was ihrem unzweifelhaft volljährigen Sohn für Gefahren drohen könnten in diesem Lande der Romantik und der Lawinen.«

Drittes Kapitel

Am folgenden Morgen verließ Hedwig früher als gewöhnlich das Frühstückszimmer und eilte sofort durch den Garten dem Weg unter den Walnußbäumen zu. Als sie sich dem Häuschen nahte, das in die Wiesen schaut, sah sie das lahme Kind schon unter seinem Baume sitzen und emsig Wolle zupfen.

»Bist du schon allein, Juliette?« fragte Hedwig herantretend, »sind sie schon alle auf dem Felde?«

Das Kind streckte der Ankommenden die mageren Händchen entgegen: »Ja, alle fort. Erzählen Sie mir heut' die Geschichte, jetzt gleich?« fragte es mit erwartungsvollem Blick.

»Ja, jetzt gleich«, antwortete Hedwig, sich auf ein Stück Holz niedersetzend, das unter dem Baume lag. »Ich will dir vom armen Käthchen erzählen.«

Das Kind saß regungslos, die Augen weit aufgesperrt. Hedwig erzählte: »Es war einmal ein armes, kleines Käthchen, das konnte nicht mit den anderen Kindern springen und fröhlich sein, denn es hatte lahme Beinchen wie du. Wenn es nun traurig auf seinem Bettchen saß und dachte: Alle Kinder haben es gut und freuen sich draußen auf allen Wegen, und ich kann nie mit hinaus und über die Wiesen den Blumen nachlaufen, dann kam die Mutter zu ihm heran und sagte: ›Ja, Käthchen, jetzt hast du's nicht gut, aber wart nur stille noch ein Weilchen. Einmal kommt über Nacht ein Engelein und nimmt dich aus deinem Bettchen und trägt dich in den Himmel, dann hast du's gut. Da ist lauter Sonnenschein und so schöne Blumen weit umher –‹.«

»Das kann ihm nichts helfen«, fiel Juliette rasch ein, »es ist lahm und kann nicht nach den Blumen laufen.«

»Hör nur weiter«, sagte Hedwig fortfahrend. »Die Mutter lehrte das arme Käthchen beten, daß es der liebe Gott einmal zu sich in den Himmel kommen lasse; da würde ihm so wohl werden, daß es sich gar nicht mehr denken könne, wie das Leidtun sei. Sie sagte ihm, wenn es recht bete, so werde es ihm wohl im Herzen, und das sei der Bescheid vom lieben Gott, daß er es beten gehört habe und auch erhören wolle. Und das arme Käthchen betete gern und vergaß es nie. So wurde es Weihnachten. Da lag am Abend das arme Käthchen in seinem Bette in der dunkeln Kammer und konnte nicht schlafen, denn es war sehr krank. Und auf einmal kam ein heller Schein in seine Kammer, und es saß auf im Bette und schaute sich um, woher er komme. Da sah es drüben im Nachbarhaus alle Fenster hell funkeln, und in der großen Stube stand ein hoher Weihnachtsbaum mit vielen, vielen Lichtern, und alle Kinder sprangen um den Baum herum und in die Höhe und jauchzten. Da sagte das arme Käthchen leise: ›O wie haben es die Kinder da drüben gut!‹, und es wollte ganz traurig werden. Da kam ihm in den Sinn, was die Mutter gesagt hatte, und es faltete seine Hände und sagte sein Nachtgebetlein.

Dann fiel es auf sein Bettchen zurück und entschlief. Und wie es aufwachte, da war noch ringsum der helle Schein, aber noch viel heller, und wie es so recht die Augen auftat, da war ringsum lauter goldener Sonnenschein, und schöne Blumen dufteten und glänzten darin, und viele, viele Kinder, wie rosige Engelein, sprangen umher und jauchzten und freuten sich. Das arme Käthchen stand stumm vor Erstaunen und durfte sich nicht regen. Da kamen die rosigen Kinder zu ihm heran, und eines nahm seine Hand und sagte freundlich: ›Komm, Käthchen, komm, spring mit uns!‹ Da sagte das Käthchen schüchtern und traurig: ›Ich kann nicht mit euch springen, ich bin lahm.‹ Aber das rosige Kind lachte fröhlich und sagte: ›Nein, nein! im Himmel ist keines mehr lahm. Sieh, ein Engelein hat dich heraufgeholt über Nacht, jetzt bist du bei uns im Himmel; probier einmal deine Beinchen!‹ Da schaute das Käthchen auf seine Füße, die waren ganz neu und rosig anzusehen, und es hob erst eines der Füßchen in die Höhe und dann das andere, und es ging so leicht, als hätte ihnen nie etwas gefehlt. Und mit einem Mal sprang das Käthchen in die Höhe und rannte durch den ganzen sonnigen Himmel hin und alle Engelein hinter ihm drein. Und das Käthchen rannte in unsäglicher Freude immer zu, bis alle Engelein ganz müde waren und niedersaßen mitten in die Blumen hinein. Da sagte das fröhliche Käthchen: ›Ihr habt die Freude immer gehabt und ich erst heute, und sie ist so groß, daß ich ein ganzes ewiges Leben lang nie davon müde sein werde.‹ So freut sich das Käthchen droben immer noch fort und hört nicht auf.«

»Ich glaub' es wohl«, sagte Juliette, ihren angehaltenen Atem tief heraufholend. »O das war eine schöne Geschichte! Gibt es denn unter all den vielen, vielen gar nicht ein einziges lahmes Engelein im Himmel?« fragte sie nach einer Weile des Nachdenkens.

»Nein, gar keines«, versicherte Hedwig.

»Ich will auch nie mehr einschlafen, ohne zu beten«, sagte das Kind erregt. »Kann ich auch einmal so erwachen am Morgen und im Himmel sein und neue Füße haben?«

»Gewiß wirst du einmal so erwachen, Juliette, dann wirst du für immer froh und gesund sein. Da ist etwas, das du erwarten kannst; darauf kannst du dich sicher freuen.«

»Jetzt habe ich so viel zu erwarten!« sagte Juliette, und ihre Augen glänzten vor Freude. »Erst das Alte, das alle Tage kommen kann, und dann das Erwachen im Himmel. Wie wird das Käthchen sich verwundert haben, als es so rennen konnte.«

Noch lange wollte Juliette Hedwigs Hand nicht loslassen, als diese aufgestanden war, um fortzugehen; immer fielen ihr wieder neue Fragen und Bemerkungen zu der Geschichte ein. Eines sah Hedwig deutlich: auch diese Geschichte hatte das Kind erfaßt, schon war sie in sein Leben übergegangen, aber verdrängt hatte sie den Eindruck der ersteren nicht, der war zu tief gegründet. Die feste Erwartung auf die große Erdenfreude blieb in dem Herzen fest sitzen, wie lebendig auch die Aussicht auf das Erwachen im Himmel dasselbe Herz erfüllen mochte.

Hedwig sagte sich leise: »So haben wir's alle.« Sie verließ das Kind.

Eine alte Frage brannte in ihrem Herzen auf, wer löste sie? Da kommen sie ins Leben, so viele von ihnen, mit dem vollen Anrecht auf die Erdenfreude, und den zerrissenen Wechsel darauf tragen sie schon in der Hand mit.

Als Hedwig durch das Pförtchen in den Garten eintrat, kam der Baron von der anderen Seite hereingerannt. Er lief ihr entgegen. Eben waren seine Freunde abgereist, er hatte sie zur Station geleitet; nun sei er ganz verwaist, meinte er, denn er habe weiter gar keine Bekannten hier.

»So geht es Ihnen wie mir«, erwiderte Hedwig, »auch ich habe keine Bekannten.«

»Das ist ja merkwürdig! Sind Sie denn allein hier? Ohne Freunde? Da muß ich mich ja gleich zu Ihrem Beschützer aufwerfen!« »Nein«, rief er dann, die Hände zusammenschlagend, aus, »wer hätte denken können, daß wir nach so langer Zeit uns wieder zusammenfinden sollten.«

Hedwig fand es auch merkwürdig. Lange genug, meinte sie, habe sie auf seine Wiederkehr gewartet und manche Stunde vergeblich nach dem herrlichen Monument ausgeschaut, das da kommen sollte.

»Ja, wahrhaftig«, brach der Baron mit ungeheurem Lachen aus, »wir wollten ja ein Monument errichten, köstlich! Und Sie erwarteten mich nachher wirklich damit? wie war das?«

Hedwig erzählte ihm, wie sie lange Zeit nachher täglich an der Gartenhecke gestanden und auf den Weg hinabgeschaut hatte, ob er nun ankomme, und hinter ihm her das Monument auf einem ungeheuren Wagen, der in der langen Erwartung immer großartigere Dimensionen angenommen hatte. Der Baron lief hin und her auf der Veranda und rief ein Mal ums andere: »Köstlich! köstlich!« und lachte dabei, daß es von den Wänden widerhallte.

In diesem Augenblick trat eine auffallend große Frauengestalt aus dem Saal und schritt über die Veranda; sie schaute im Vorübergehen mit großen, erstaunten Augen auf den lachenden Baron.

»Kennen Sie diese Dame?« fragte Hedwig, als die Fremde verschwunden war, in welcher sie sogleich die fieberhaft Arbeitende vom vorhergehenden Abend erkannt hatte.

Der Baron hatte sich beruhigt.

»Dies ist die Römerin«, erklärte er, »Adlernase, kühne Haltung, hohe Gestalt, stolzer Gang, karge Worte, – ist nicht meine Cloelia fertig?«

Hedwig schaute den Baron fragend an: »Ist sie wirklich eine Römerin?«

Er lachte. »Das weiß ich nicht, sie könnte es aber sein.«

»So wissen Sie gar nicht, wer sie ist?« rief Hedwig enttäuscht aus. »Schon gestern Abend mußte ich immer wieder nach dem edlen Angesichte sehen, das, von aller Umgebung abgekehrt, auf eine innere Welt gerichtet schien. Sie ist die einzige Persönlichkeit unter der Menge, die ein Interesse, und dazu ein tiefes Interesse, in mir erweckt hat.«

»In mir auch«, sagte der Baron.

»Wissen Sie denn aber gar nichts von ihr?« fragte Hedwig wieder. »Sie sind doch schon längere Zeit mit ihr hier zusammen gewesen?«

»Was ich von ihr weiß, ist, daß kein Mensch sie kennt, daß sie mit niemand spricht, daß sie immer allein ihre Gänge macht, sich allein in einer Ecke des Saales hält, keinen Menschen an sich kommen läßt und nicht einmal um sich schaut. Im Fremdenbuch steht sie mit einem englischen, eigentlich schottischen Namen eingeschrieben. Sie kann aber keine Engländerin sein, ich hörte sie mit dem deutschen Zimmermädchen verkehren, seither halte ich sie für eine Deutsche, sie spricht durchaus kein erlerntes Deutsch.« –

Der Baron hatte eine Menge Pläne gemacht, die Umgebungen des lieblichen Tales zwischen den Felsenhöhen, wo er einige Zeit zu verweilen gedachte, durch viele Streifzüge kennen zu lernen. Er schlug deren mehrere vor für die nächsten Tage; seine alte Freundin sollte mit dabei sein; vielleicht würden auch noch andere Gäste des Hauses daran teilnehmen. Hedwig fand die vorliegenden Touren teilweise sehr zweifelhaft ausgedacht. Sie meinte, erst müßte man darüber den Hausherrn zu Rate ziehen, der die Gegend kenne, was der Baron richtig fand und gleich auszuführen vorschlug, damit die schönen Tage nicht unbenutzt vorübergingen. Die Freunde begaben sich gleich zusammen nach den Zimmern des Hausherrn, wohin man vom Garten her einige Tritte in die Erde hineinzusteigen hatte.

»Diese Lokalität nenne ich das Familienloch«, sagte der Baron im Einfahren.

Im ersten Zimmer stand die Hauswirtin, selbst auf den Herrn wartend, der im innern Raum, dessen Türe offen stand, einer Dame Bescheid erteilte. Die Eintretenden wollten sich gleich wieder entfernen; die Frau bat sie jedoch, einen Augenblick zu warten, es handle sich nur um eine Zimmerangelegenheit, die auch gleich erledigt sein werde.

Eine tiefe, klangvolle Frauenstimme sprach in perfektem Französisch zu dem Herrn, so leicht und schnell, daß in wenigen Minuten alles abgetan war. Die Sprechenden traten heraus, die Dame war die Römerin. Sie verneigte sich etwas majestätisch und ging weg. Der Hausherr gab die erwünschten Anweisungen und brachte auch noch einige neue, lohnende Ausflüge in Anregung. Als die beiden dem Familienloch entstiegen, bemerkte Hedwig: »Nun werden Sie Ihre

Römerin kaum mehr für eine Deutsche halten, nachdem Sie ihr Französisch gehört haben.«

»Mir steht der Verstand still«, erwiderte der Baron. »Dieses Wesen muß drei Muttersprachen haben; wie das zuging, ist nicht auszudenken.«

Hedwig fragte ihn dann, mit wem er eigentlich alle seine Partieen zu machen gedenke.

»Erstens wären Sie dabei«, erklärte er; »dann habe ich einige Anknüpfungen unter den Gästen gemacht, mit mehreren Herren aus Hamburg, mit einem Sachsen, einem Herrn aus Danzig und seiner Schwester, mit zwei Damen aus Irland und drei Amerikanern samt Frau und Kind.«

»So ziemlich mit der ganzen Pension«, sagte Hedwig lachend. Vor der Hand, meinte sie, wolle sie lieber nicht an den Partieen teilnehmen. Zunächst wünsche sie, die nähere Umgebung sich recht anzusehen, auch kenne sie ja von all den Leuten niemand.

»So werden Sie gerade alle kennen lernen und sich darüber freuen«, entgegnete der Baron lebhaft. »Auf dem Kirchhof lernt man die Menschen nicht kennen, und das schöne, reiche Menschenleben ist nicht so jammervoll, daß uns nur auf der Stätte wohl sein könnte, wo es aufhört.«

»Gewiß nicht, wenn das Leben dort aufhörte. Aus einem Gottesacker wird mir weniger um des Aufhörens als um des Anfangens willen wohl, weil da, wo das jammervolle Vergängliche zu Ende geht, das ewig Bleibende in Fröhlichkeit auferstehen wird.«

»Da sind wir wieder«, rief der Baron mit komischem Schrecken. »Schon in früher Jugend haben Sie mich in religiöse Streitfragen verwickelt. Erinnern Sie sich jener, die wir am Grabe des Vogels zu erledigen hatten?«

Hedwig erinnerte sich wohl daran.

»Ihre Bittschrift an den lieben Gott hat mir aber damals Eindruck gemacht, das kann ich Ihnen sagen; ich mußte noch lange nachher darüber nachdenken.«

Hier wurden die beiden, die im Gespräch im Garten still gestanden, durch einen ungeheuren Lärm unterbrochen. Eine Schar efeu- und distelnbedeckter Menschen kam den Weg entlang und drängte sich mit Mühe durch das enge Pförtchen in den Garten hinein. Es waren die drei Amerikaner mit Frau und Kind, die beutebeladen von einem ihrer Streifzüge zurückkehrten. Unter dem Buschwerk hervor rief es von allen Seiten den Baron an und forderte ihn zur Bewunderung der Girlandenfülle auf. Er ging lachend dem wandelnden Wald entgegen, Hedwig trat in das Haus ein.

Viertes Kapitel

Die sonnigen Herbsttage kamen und gingen wolkenlos. Lag auch zuweilen ein leichter Morgennebel um die Berge, trat nur erst die Sonne recht heraus, so war er spurlos verschwunden, und das leuchtende Blau lag über den dunkeln Felsenzacken, und südliche, warme Farben schimmerten über den herbstlich geröteten Kastanienwäldern.

Hedwig hatte auf ihren Gängen eine Bank entdeckt, die, an den Abhang gelehnt, über dem der Waldessaum sich hinzieht, weit hinab ins grüne Tal, hinauf zum schneeigen Gipfel der nahen Tent du Midi und hinüber auf die leuchtende Kette der fernen Gletscher schaut und so in einem Blick die mannigfaltige Herrlichkeit des Landes umfassen und genießen läßt. Jeden Abend stieg Hedwig jetzt den sonnigen Weg, den Rebenhügeln entlang, hinauf, bis zu der einsamen Bank. Da ließ sie sich nieder und erwartete den Sonnenuntergang. Dann legte sich das Abendlicht golden auf den grünen Talgrund; die Fenster des grauen Kirchleins funkelten weithin wie lichtes Gold; Tal, Wald und Hügel schwammen in Duft und Gold, und alle dunkeln Felsenhöhen stammten wie Purpur, bis hinter den Savoyerbergen die letzte Abendglut erlosch.

Die Römerin mußte, gleichwie Hedwig, eine besondere Vorliebe für die rebenumkränzte Waldhöhe gefaßt haben. Täglich trafen sich die beiden auf dem Wege am Hügel hinauf, oder Hedwig saß schon auf ihrer Bank, wenn die Fremde heraufkam und vorbeiging. Sie setzte sich nie auf die Bank, auch wenn sie die erste oben war; sie ging daran vorüber und weiter in den Wald hinein. Auch sie hatte wohl ein bestimmtes Ziel, wohin ihr Weg sie täglich führte. Sie ging immer allein, tief in ihre Gedanken versunken.

Des Morgens, wenn die Kurpflichten erfüllt waren, wanderte Hedwig gewöhnlich zu dem lahmen Kinde hinauf, das an schönen Tagen immer ganz verlassen unter seinem Baume saß und etwas erwartete. –

Die projektierten Partieen hatten begonnen. Jeden Morgen zog ein Teil der Gesellschaft zu Wagen ins Land hinaus; der Baron war immer dabei. Am Abend, wenn alle heimgekehrt waren, fand man sich im Saal zusammen, in allerlei Gruppen verteilt. Auch da war der Baron eine Hauptperson. Immer heiter, immer angeregt und gesprächig, ward er täglich reicher an Freunden und von allen Seiten in Anspruch genommen. Hedwig setzte sich immer so, daß sie irgendwie die Römerin in Sicht bekam, die ihre Gedanken täglich mehr beschäftigte und die allabendlich gesenkten Auges ununterbrochen an ihrer Arbeit fortfieberte. Der letzte Tag des milden Septembermonats war in besonderer Klarheit ungebrochen. Die schöne Morgenluft hatte Hedwig früher als gewöhnlich hinausgelockt. Obschon sie nicht erwartete, ihre kleine Bekannte schon zu sehen, schlug sie doch den Weg ein, der an ihrem Häuschen vorbeiführte, es war immer ihr erster Gang. Unerwarteterweise traf sie die lahme Juliette schon unter ihrem Baume sitzend, denn in aller Frühe waren heute die Eltern mit den Kleinen weggegangen. Das Kind saß bleich und fröstelnd in die Ecke des Sessels geduckt. Es mußte einer seiner schlimmen Tage sein, da der schwache Rücken von herben Schmerzen gefoltert war. Als Hedwig sich nahte, zeigte das Kind mit seinen mageren Händchen gegen Westen hin, es kannte präzis die Stelle, wo die Sonne in diesen Tagen unterging.

»So weit muß die Sonne gehen, ehe es wieder Abend wird«, sagte es seufzend. »Das währt lange.« Dann, wie elektrisiert, fuhr es plötzlich auf: »Aber an einem so langen Tage kann auch viel begegnen; da könnte es wohl einmal kommen, glauben Sie nicht auch?« Das Kind schaute Hedwig mit seinen forschenden Augen erwartungsvoll an. Hedwig hatte nicht den Mut, dem Kinde Hoffnung auf eine

Freude zu machen, an die sie selbst nicht glaubte; ihm aber diese einzige beglückende Aussicht zu rauben, das vermochte sie auch nicht. »Einmal, Juliette, gewiß einmal kommt auch für dich der Tag der Freude«, sagte sie. –

Hedwig war zurückgekehrt; sie stand stille am Gartenpförtchen und schaute um sich; so hatte sie Himmel und Erde noch nicht gesehen, seit sie dieses Tal des zauberhaften Farbenglanzes betreten hatte.

Vom Hause her kam der Baron ihr entgegengelaufen.

»Und wie geht es Ihnen in diesem Jammertal?« fragte er, einen tragikomischen Blick auf die leuchtenden Berge hin werfend, in deren Anblick Hedwig versunken war.

»Für Sie und mich ist freilich der Jammer nicht groß, solange wir in solchem Sonnenschein auf der schönen Erde herumgehen«, erwiderte Hedwig; »aber deswegen ist der Erdenjammer doch nicht ausgetilgt. Wollen Sie das bestreiten, wenn ich Ihnen ein junges Leben zeige, das in Entbehrung und Leiden dahinwelkt, ehe es nur aufgeblüht hat?«

»Wirklich, hier in diesem Wundertale? Ist's möglich? Wo denn? Wer denn?« fragte der Baron mitleidig.

Hedwig war noch ganz erfüllt von dem Eindrucke, den ihr die verlassene Kleine heute besonders gemacht hatte; sie erzählte mit warmem Herzen von dem lahmen Kinde und seinem freudlosen Dasein.

Der Baron wurde ganz erregt. »Das arme Wesen! Das arme kleine Ding!« rief er einmal ums andere. »Hat es denn gar keine Lebensfreude?«

Nun sprach Hedwig von der sonderbaren Erwartung des Kindes, die wirklich eine Art von Lebensfreude bei ihm war, da sie für dasselbe jeden Tag mit einem Hoffnungsschimmer anhauchte. »Aber es wird ja der vergeblichen Hoffnung bald müde werden und auch diese Art von Freude verlieren«, setzte sie hinzu. »Das arme Kind, was sollte auch Wunderbares in dieses elende Leben hineinfallen!«

»Woher das Kind nur die Idee hat, immer 'was Besonderes zu erwarten; das gefällt mir!« sagte der Baron mit lebhafter Teilnahme.

Hedwig teilte ihm mit, wie es von einer Geschichte herkomme, die man ihm erzählt hatte, und schloß: »Das Kind muß starke Eindrücke haben und lange daran arbeiten im stillen. Wie wenig Wechsel ist auch in diesem Leben ohne alle Bewegung! So anders, als alles Kinderleben ist und sein sollte.«

Der Baron und Hedwig waren in der Veranda angekommen und gingen darin auf und nieder. Hedwig fragte, ob denn keine Partie vorliege für den heutigen Tag.

»O! mehr als eine«, rief der Baron aus, »drei, eigentlich sechs.« Vor lauter Auswahl sei man noch zu keinem Entschluß gekommen, sie müßten aber alle fertig gebracht werden. Mit Hedwig war er nicht zufrieden, denn noch hatte sie an keiner der Partieen teilgenommen, und mit der Römerin sei gar nichts anzufangen, die lehne erst recht alles ab. Er hatte einen der Amerikaner dahin gebracht, sich ihr zu nähern, selbst hätte er den Mut dazu nicht gehabt; aber der Mensch sei mit all seinen Anträgen schmählich abgeblitzt, wie der Baron diese Erfahrung bezeichnete. Er fand es aber zu schade, daß ihr nicht beizukommen sei, und meinte, Hedwig sollte einen Ausweg ausfindig machen; sie würde ja gewiß zuerst dafür belohnt werden, dessen wäre er sicher.

Während des Gesprächs war Frau v. L. über die Veranda gegangen; sie hatte ernst und schweigend gegrüßt; jetzt kehrte sie wieder zurück, nochmals einen langen, strengen Blick auf die Sprechenden werfend.

»Diese Erscheinung nenne ich die Schleier-Eule«, bemerkte der Baron, als sie in den Saal getreten war. »Mir wird etwas bange in ihrer Nähe, so als könnte sie einem auf einmal in die Haare fahren und großen Schaden darin anrichten.«

»Das ist Ihr böses Gewissen, das Ihnen solche Bilder vor Augen führt«, entgegnete Hedwig; »diese Frau tut niemand 'was zuleide, sie wünscht jedem das Beste und würde es ihm gern beibringen, nur auf ihre Weise.«

»Und ihre Weise ist schauerlich«, sagte der Baron, sich schüttelnd.

Eben war die Post angelangt. Der Baron lief dem Briefboten entgegen und wurde belohnt. Für sich zog er einen dicken Brief heraus, auch für Hedwig brachte er einen. »Hieroglyphenzeichen«, bemerkte er, indem er den Brief übergab. Dies war richtig; es war die kribblige, aber für Hedwig so liebe Handschrift der nahen Freundin, die eben in Südfrankreich angekommen war, um ihrer zarten Gesundheit wegen dort den Winter wieder zuzubringen. Sie erzählte von ihrer Freude am Wiederfinden aller bekannten Wege und der unvergleichlichen Schönheit der Natur, die sie rings umgab. Am Schlusse des Briefes nannte sie Hedwig einen Namen, den diese durchaus nicht entziffern konnte. Sie studierte lange daran: den Namen hatte sie nie gehört. Vielleicht konnte ihr der Baron Aufschluß geben. Er stand an einen Pfosten der Veranda gelehnt und las kichernd seinen Brief. Jetzt war er zu Ende. Eine Weile lachte er noch in sich hinein. Hedwig ging zu ihm hin. »Sie müssen recht erheiternde Nachrichten erhalten haben, der Wirkung nach zu schließen, Herr Baron.«

Nun lachte er heraus: »Nein, meine Mutter ist zu köstlich! wirklich zu köstlich! Schon in zwei Briefen schrieb sie mir weitläufig über die Heimkehr unserer jungen Nachbarin, die drei Jahre lang irgendwo in einer Anstalt war, um etwas gezähmt zu werden. Nun soll sie mit ganz goldenen Haaren und einem bewunderungswürdigen Charakter heimgekehrt sein und die Zierde des Landes ausmachen. Da ich auf die beiden Briefe mit demselben Inhalt wenig zu sagen wußte, bekomme ich heute eine ganz enorme Epistel von der besorgten Mutter; da steht dann viel geschrieben von Töchtern des Landes und von Gefahren der Fremde, und dann kommen noch einmal die goldenen Haare und die Charaktervorzüge der Nachbarin Lili. Ich habe dieses Extrawesen zuletzt gesehen vor ungefähr fünf Jahren, da war es ein zwölfjähriges, grauenhaftes kleines Wild, das mir durch den Garten nachlief, mich einzufangen, und wie es mich an meinem Rockschoß erwischt hatte, riß es so verzweifelt daran, daß er ihm in den Händen blieb und ich mich dergestalt überschoß in einen Rosenbusch hinein, daß ich völlig verwüstet wieder daraus hervorging, und nun schreibt mir die Mutter beruhigend, so 'was würde Lili heute nicht mehr ausführen. Das muß ich für ihren guten Vater hoffen; den risse sie völlig auseinander mit solcher Gewalttat. Daß aber die Mutter meint, ich sollte mich während der Zeit meiner Erholung hier ausschließlich mit dem Haarwuchs unserer kleinen Nachbarin beschäftigen, das finde ich einzig; es fehlt nur noch, daß ich ein Muster bekommen hätte von der Farbe und Länge des goldenen Vließes.«

»Nur nicht so spöttisch, Herr Baron«, sagte Hedwig; »man kann nie wissen, womit man sich noch beschäftigen wird. Kommen Sie, helfen Sie mir einen Namen entziffern; wer kann hier so heißen?«

Der Baron folgte Hedwigs Finger auf dem Papier.

»Das ist der Name der Römerin, wie er im Fremdenbuch steht«, fuhr er auf; »wer weiß etwas von ihr?«

Hedwig sah ihn überrascht an. »Sie ist's? dann hoffe ich bald von ihr zu wissen.«

Sie teilte dem Baron mit, daß ihre Freundin ihr geschrieben, es müsse in derselben Pension mit ihr eine junge Dame sich befinden, deren Bekanntschaft sie im vorigen Winter in Südfrankreich gemacht hatte und die Hedwig durchaus kennen lernen müsse; sie sollte sich sofort mit einem Gruß der Freundin bei der Betreffenden einführen.

»Herrlich! köstlich! Was man nur wünschen kann!« rief der Baron hoch erfreut. »Heute noch wird ein Angriff gemacht und morgen die ganze Festung eingenommen!«

»So militärisch werde ich kaum verfahren«, meinte Hedwig, indem sie die Veranda eilig verließ, da sie bemerkte, wie das Mädchen sich eben anschickte, die gellende Tischglocke in Bewegung zu setzen.

Der spätere Abend dieses Tages war mild und sternenhell, so daß die meisten der Gäste länger als gewöhnlich im Garten hin und her gingen. Hedwig stand am Eingang der Veranda und schaute die Vorüberwandernden an: sie hoffte, die Römerin darunter zu erblicken. Seit sie ihren Brief erhalten hatte, wartete sie immer auf eine passende Gelegenheit, sich der jungen Dame zu nähern. Es wurde spät, die Gäste verloren sich nach und nach, Hedwig trat in den Saal ein. Es war fast niemand da und alles still. In einer Ecke saß Frau v. L., in einer anderen die Römerin, ganz regungslos; ihre Arbeit lag auf ihrem Schoß, die Hände untätig darübergelegt. Sie hat sich ganz vergessen; diesmal müssen ihre Gedanken mit Macht Herr über sie geworden sein, daß sie nicht mehr ruhelos diese Hände zu treiben vermögen, wie sonst immer, dachte Hedwig, und der Mut, sich der Regungslosen zu nahen, entfiel ihr. Jetzt traten der Baron und einige seiner Bekannten mit ziemlichem Geräusch herein; augenblicklich war die Römerin in emsigster Arbeit. Es blieb bei den wenigen Gästen im Saal, die meisten waren schon verschwunden, oder gar nicht hereingekommen.

»Heute ist nichts los da drinnen, wir müssen ein Gesellschaftsspiel in Gang bringen, sonst entschlafen die wenigen noch, die da sind«, rief der Baron seinen Freunden zu. Alle stimmten ihm lebhaft bei, und sogleich wurden die Sessel um den großen runden Tisch herum geordnet. Was sollte ausgeführt werden? Man debattierte nunmehr eifrig darüber.

»Wir wollen Menschen zusammenstoßen«, sagte die kleine Amerikanerin, die sich durch besondere Teilnahme an der Sache auszeichnete.

»So kann man nicht sagen«, donnerte ihr Bruder George sie an. »Du wirst nie deutsch wissen.«

»Doch, so kann man sagen, es heißt: *put together*; nicht wahr, so kann man sagen, Papa?«

Damit wandte die beleidigte Kleine sich an den Vater, sichtlich fest überzeugt, vor dieser Instanz zu gewinnen.

»Ja, ja, so kann man auch sagen; *little Mimy* hat recht«, entschied der Vater. »Wo man es dann anwendet und wo nicht, das wird Mimy schon lernen; dafür reisen wir.«

»Nein, das kann man nicht sagen, nie, *you silly staring rabbit*«, brummte der ergrimmte George vor sich hin. Währenddessen hatte der Baron allerlei Zeichen und Winke an Hedwig gerichtet, dahin zielend, sie möchte die Römerin mit in das Spiel hineinziehen.

Hedwig winkte entschieden ab. »Sehn Sie doch einmal nach ihr hin«, sagte sie leise; »sieht sie denn aus, als möchte sie Menschen zusammenstoßen?« Hedwig wußte freilich selbst nicht, wie das geschehen sollte. Das Spiel wurde in Gang gesetzt, und der Sinn der Sache war, daß zwei Menschen zusammengestellt werden sollten, die sich irgend eine Wahrheit sagen mußten.

»Noch einfacher«, bemerkte der Baron, »ist es, wenn wir nur einen Namen hinsetzen und das Publikum demselben eine Wahrheit sagen lassen.«

Der Vorschlag wurde angenommen, das Spiel begann. Man schrieb eifrig unter tiefem Schweigen, das nur hier und da von einer kindlichen Bemerkung Mimys und des Bruders markiger Zurechtweisung unterbrochen wurde. Das Werk war fertig; jeder mußte sein Blatt herunterlesen. Es kamen eigentümliche Wahrheiten heraus, meistens war deren Sinn etwas dunkel. Die Amerikaner, alt und jung, hatten ihre überseeischen Gedanken in so fremdartige Formen der deutschen Grammatik eingekleidet, daß man nie recht wußte, ob die Dinge das bedeuten sollten, was die Worte ausdrückten, oder ob damit das Gegenteil gemeint war. Der Baron wollte umkommen vor Lachen. Endlich kam die Reihe an ihn; er hatte Mühe, mit Fassung zum Ende seines Blattes zu kommen. Am Schlusse stand noch sein eigener Name. Mit Pathos las er die ihm zugeeigneten Worte:

»Kakadus wie Schleier-Eulen
können noch *peccavi* heulen.«

»Was ist ein *peccavi*?« fragte Fräulein Mimy.
»Das ist ein arges Ding«, erklärte der Baron. »Diese Worte hat mir meine Freundin als bedeutsamen Wink auf meinem Lebensweg gewidmet.« Dabei schaute er mit drohend aufgehobenem Finger auf Hedwig hin.
»Ich bin mit der Sache einverstanden«, sagte diese ruhig; »geschrieben habe ich sie zwar nicht, finde es aber viel besser, daß der Mensch aus sich selbst zu solchen Wahrheiten gelange, als daß er sie von anderen hören müsse.«
»Wieso? Wie meinen Sie das?« fragte der Baron in harmloser Weise.
»Ich meine, weil ich die Kakadus in Ruhe gelassen, so war nur noch einer, der sie mit Ihrem Namen in Beziehung bringen konnte; diese Art von Kakadus kennt nicht jeder.«
»Ich kenne 25 Arten von Kakadu«, erklärte Master George mit stolzer Miene, sichtlich bezweifelnd, daß ihm eine entgangen sein sollte, und nun mischten sich sämtliche Amerikaner in die Kakadufrage, so daß in kurzer Zeit die ganze Gesellschaft eifernd und gesti-

kulierend mitten im Zimmer stand und alle Kakadu-Arten Südamerikas mit ihren mannigfaltigen Eigenschaften in der lautesten Weise hin und her besprach.

Hedwig entschlüpfte durch die offen stehende Glastüre; kurz vorher war die Römerin hinausgegangen. Sie stand draußen an die Balustrade der Veranda gelehnt und schaute regungslos in die Nacht hinaus.

Hedwig trat zu ihr heran.

»Fürchten Sie diese kühle Abendluft nicht?« fragte sie einleitend.

Die junge Dame fuhr zusammen. Sie mußte nicht bemerkt haben, daß ihr jemand genaht war. Sie bat um Entschuldigung, sie sei es so wenig gewöhnt, hier angeredet zu werden. Hedwig erwiderte, die Bitte um Entschuldigung müsse von ihr ausgehen; sie hätte auch nicht gewagt, die Dame anzureden, wenn ihr nicht ein Gruß für sie das erwünschte Recht dazu gäbe.

»Und daß Sie von Ihrem Rechte Gebrauch machen, kann auch mir nur sehr erwünscht sein«, entgegnete das Fräulein. Es lag eine so gewinnende Freundlichkeit im Ton ihrer Stimme, in der Art, wie sie sich zu Hedwig kehrte und ihr die Hand entgegenhielt, daß diese einen Augenblick überrascht und stillschweigend dastand. Sie hatte etwas ganz anderes erwartet. Wo war das ablehnende, stolze Wesen, das sie bis jetzt immer in der Haltung der Römerin zu sehen geglaubt hatte?

»Und der Gruß?« fragte diese jetzt, halb lächelnd.

Hedwig schaute in das edle Angesicht, daß sich zu ihr gewandt und vom Lichte der Lampe hell erleuchtet war. Nicht Kälte und Stolz, wie sie bis jetzt zu bemerken geglaubt hatte, eine tiefe Traurigkeit lag auf diesen Zügen, im ganzen Ausdruck dieses Wesens. Sie gab den Gruß ihrer Freundin ab. Das Fräulein erinnerte sich gleich des Namens und fragte, wo jetzt die Freundin sich aufhalte.

»Wieder in Südfrankreich«, erwiderte Hedwig; »ich verstehe aus ihrem Briefe, daß Sie in der Nähe der Villa wohnten, wo meine Freundin den Winter zubrachte und nun wieder zubringen wird.«

Das Fräulein bejahte dies kurz und fing gleich darauf von der Schönheit der Gegend zu sprechen an, die sie hier umgebe. Sie meinte, auch Hedwig müsse Freude daran haben, da sie oft allein nach dem Hügel hinauf wandere, wo sie sich schon öfters getroffen hätten.

Hedwig bejahte es und bemerkte dazu, daß sie auch nicht wüßte, wen sie zu ihren Gängen einladen könnte, da ihr die Gesellschaft fast ganz unbekannt sei.

»Ich kenne gar niemand hier«, sagte das Fräulein.

»Könnten wir nicht einmal zusammen die Bank auf dem Hügel aufsuchen?« fragte Hedwig, war aber fast erschrocken über ihren Vorschlag, denn er konnte ja der ihr noch ganz Unbekannten unwillkommen sein. Diese nahm ihn aber mit ungekünstelter Zustimmung an und schlug vor, ihn gleich morgen auszuführen.

Eben erschallte durch die halboffene Saaltüre ein ungeheures Lachen; die klangvolle Baßstimme des Barons wurde vor allen anderen gehört.

»Wie dieser junge Deutsche lachen kann! So etwas habe ich noch nie gehört«, sagte das Fräulein. »Sie kennen ihn wohl?«

Hedwig bejahte es; sie seien sehr alte Freunde, bemerkte sie.

»Ich mag diesen Menschen so gern«, fuhr das Fräulein fort; »immer sieht er aus wie der sonnige Tag, so heiter und froh, und wenn er so tief herauslacht mit dem ganzen Wesen, so wird einem ordentlich wohl zu Mut. So lacht nur einer, der das Herz leicht und das Gewissen frei hat.«

Die Gesellschaft war im Auflösen begriffen, sie nahte sich allmählich der Türe. Das Fräulein bot Hedwig die Hand, da diese sich anschickte die Veranda zu verlassen. Zum ersten Mal schaute sie recht in die tiefen, dunkeln Augen der neuen Bekannten; sie hatten einen ansteckend traurigen Ausdruck; Hedwig empfand augenblicklich diese Wirkung; wie unter einem inneren Drucke ging sie nach ihrem Zimmer hinauf. Hier setzte sie sich an ihr Fenster, den eigentümlichen Eindruck sich zurechtzulegen, den diese kurze Berührung mit der Römerin auf sie gemacht hatte. Es war durchaus nicht das Wesen, das sie sich der äußeren Erscheinung nach vorgestellt, mit dem sie sich im stillen schon so viel beschäftigt hatte. Sie hatte geglaubt, eine jener vornehm zurückhaltenden Naturen vor sich zu haben, die durch große geistige Vorzüge immer anziehen, durch kühle Ruhe und

Teilnahmlosigkeit des Herzens immer wieder abstoßen. Aber schon in dieser ersten Berührung war ihr ein lebendig-warmes Wesen entgegengetreten, das etwas Weiches und Seelenvolles schon im Ton der Stimme trug, und das in der ganzen, einfachen Weise, wie es sich kundgab, mehr Gewinnendes hatte, als alle Vorzüge, die Hedwig der Römerin beigelegt, hätten haben können. Dieser Name paßte ihr aber nicht mehr für die Persönlichkeit, sie wollte sie nicht mehr so nennen. Aber woher der tiefe Schatten, der auf dieser Stirne lag, aus den tiefen Augen schaute und sich dem Nahenden gleich selbst aufs Herz werfen konnte, wie es Hedwig geschehen war, so sehr, daß sie sich gar nicht mehr davon frei machen konnte?

Längst waren alle Lichter ringsum ausgelöscht. Draußen war es längst dunkel, daß man die Bäume im Garten nicht mehr sehen konnte. Auf dem Kirchturm drüben im Flecken schlug es ein Uhr. Hedwig zog sich nun zurück. Als sie ihr Licht ausgelöscht hatte, fiel, wie jeden Abend zuvor auch geschehen war, der Schimmer eines anderen Lichtes in ihr Zimmer. Heute fiel es ihr auf; so spät war sie noch nie gewesen, und dennoch war in dem kleinen Neubau, der zur Pension gehörte, jemand noch später als sie. Immer noch sah sie den Schimmer, sie konnte lange keinen Schlaf finden –, es mußte schon nach zwei Uhr sein –, das Licht brannte noch drüben.

Fünftes Kapitel

Als Hedwig nach einer unruhig verträumten Nacht früh ihre Fenster aufmachte, um an dem frischen Morgenhauch sich zu erquicken, hörte sie schon die Stimme des Barons im Garten erklingen; zu sehen war er zwar nirgends. Jetzt gewahrte sie ihn in der Tiefe, wie er eben dem »Familienloch« entstieg und auf die Oberfläche der Erde trat. Er war in großem Eifer, machte die lebhaftesten Gebärden in das Loch zurück und lief dann in der Richtung der Stallungen den Garten entlang, hinter ihm her der Hauswirt und zuletzt der Bediente des Hauses, alle drei im Sturmschritt. »Da wird eine Partie im Gange sein«, dachte Hedwig. Sollte sie dem Baron, bevor er wegging, die

Freude machen, ihm mitzuteilen, daß der erste Schritt gegen seine Römerin getan sei und der zweite bald folgen werde? Sie ging nach dem Garten hinunter; es war noch stille ringsum, die Fensterläden überall am Hause noch geschlossen. Der Morgenwind wehte frisch durch das Tal. Groß und dunkel standen die Berge auf dem lichtblauen Horizont; noch war die Sonne nicht über den waldigen Berggipfel herübergestiegen. Hedwig stand an dem Pförtchen und schaute, wie drüben die hohen Felsenzacken der Diablerets sich leise röteten im Aufgehen der Sonne. Ein Handkarren rollte des Weges daher; der Bediente des Hauses zog ihn. Wunderlich hohe, ganz unförmlich aufgetürmte Ballen lagen darauf; hinterher kam der Baron gelaufen.

»Schon auf Reisen?« fragte Hedwig, als die Expedition herannahte.

»Jawohl! Jawohl!« entgegnete der Baron eilig und ging rasch vorbei. Er war sichtlich verlegen.

Hedwig konnte ihm nicht sagen, was sie im Sinne hatte; er hatte offenbar keine Lust, still zu stehen. »Gewiß eine Partie nach amerikanischem Stil, und der Baron muß den Proviantwagen vorausführen«, sagte sich Hedwig, »das mochte ihn etwas verlegen machen.« Als sie gegen das Haus zurückkam, trat ihr Frau v. L. entgegen.

»Meine Werteste«, sagte sie mit etwas steifer Freundlichkeit, »ich hatte verstanden, Sie wollten sich vorzugsweise allein halten und keinen Umgang pflegen; ich muß aber annehmen, daß Sie in letzter Zeit Ihren Sinn etwas geändert haben. Es ist mir, da sie einmal an mich empfohlen sind, eine Pflicht, Sie darauf aufmerksam zu machen, daß eine gewisse Art von Umgang wirklich besser vermieden würde. Dieser Herr Baron, den Sie zu kennen scheinen, hat das Betragen eines außerordentlich leichtsinnigen, frivolen Menschen, von dem Sie sich zurückziehen müssen, um ihm zu zeigen, daß er durch seine tadelnswerte Weise wahre Freunde von sich entfernt. So allein können Sie etwas zu seinem Besten tun, wenn Sie sich für ihn interessieren sollten. Ich habe gestern im Saale allem beigewohnt. Ich will nicht entscheiden, wer jenes äußerst frivole Motto zu seinem Namen hingeschrieben hatte; aber das muß ich Ihnen wiederholen: das Wohl solcher Menschen kann man nur dadurch fördern, daß man sich von ihnen wendet.«

Hedwig hatte ruhig zugehört, bis Frau von L. zu Ende war.

»Ich kann Ihre Ansicht nicht teilen, Frau v. L.«, erwiderte sie nun; »der Baron ist kein frivoler Mensch; wo er sich etwas leichtfertig ausdrückt, wie in seinem Motto, das Sie ohne Ungerechtigkeit ihm selbst zuschreiben dürfen, da legt er immer noch einen ernsteren Sinn hinein, als er sich den Anschein geben will, davon bin ich überzeugt. Daneben ist er eine so gerade, so vollkommen ehrliche Natur, daß er wohl zu denen gehört, von denen es heißt: ›Den Aufrichtigen läßt es Gott gelingen.‹ Auch nimmt er schon ein ernstes Wort an, wo er fühlt, daß es aus wahrer Teilnahme für ihn herkommt. Glauben Sie wirklich, Frau v. L., daß wir den Menschen mehr wohltun können und sie eher für alles, was uns teuer und heilig ist, gewinnen, wenn wir ihnen den Rücken kehren, als wenn wir in Freundlichkeit mit ihnen umgehen und sie unsere Teilnahme an ihrem Wohlergehen fühlen lassen?«

»Ich sehe«, sagte Frau v. L. kühl, »daß unsere Wege mehr auseinandergehen, als ich erwartet hatte. Vielleicht wird Ihnen noch manches Licht aufgehen, bis Sie mein Alter und meine Erfahrung haben. Mögen Sie bis dahin nicht selbst Schaden leiden im vermeintlichen Wohltun gegen andere. Möge Ihnen auch die Erkenntnis aufgehen, daß Sie nicht im Gehorsam wandeln, sondern nach eigenem Gutdünken.«

Damit entfernte sich Frau v. L. – Hedwig suchte sich den Sinn dieser Schlußworte klar zu machen: »nach eigenem Gutdünken«. Allerdings hatte sie an ihrem eigenen Herzen erfahren, wie anders wohltuend und gewinnend ein teilnehmendes Eingehen in die Entwicklung und den Lebensgang Andersdenkender und ein liebevolles Verständnis für ihr Wesen, als ein bestimmtes Sich-abwenden von ihnen wirkt. Daß dieses letztere von entschiedenen Christen den unentschiedenen gegenüber als das von Gott Geforderte anzusehen sei, hatte sie nie so verstanden, noch war sie so gelehrt worden. Hedwig fühlte wohl, daß sie in ein näheres Verhältnis mit Frau v. L. nicht kommen würde, doch wollte sie suchen, wenigstens in Frieden mit ihr auszukommen und ihr kein Ärgernis zu geben; ihren eigenen Weg aber gedachte sie, ihrer Überzeugung treu, weiter zu gehen.

Doch noch vor dem Frühstück sollte sie erfahren, daß sie ihren guten Vorsatz nur zum Teil ausführen könne.

Als Hedwig ins Eßzimmer eintreten wollte, kam ihr Frau v. L. wieder entgegen.

»Ich erwartete Sie hier«, sagte sie; »wie konnte ich nur die Hauptsache vergessen, die ich Ihnen mitteilen wollte. Es findet morgen früh, wie jeden Sonntagmorgen, eine Versammlung statt unten am See, ein Gottesdienst der wirklichen Christengemeinde, d. h. der ›Brüder‹. In einer kleinen Stunde können wir mit der Eisenbahn unten sein.«

»Ich gehe in die Kirche am Sonntagmorgen«, entgegnete Hedwig, »und diejenigen, die mit mir dahin gehen, halte ich alle für wirkliche Christen oder für solche, die es werden wollen, weil sie dahin kommen, und im Werden sind wir ja doch alle begriffen.«

»Ich will lieber annehmen«, entgegnete Frau v. L. in kurzem Ton, »es fehle Ihnen an der rechten Erkenntnis, als am guten Willen. Suchen Sie jene zu erlangen, ich sage es zu Ihrem Besten.« Damit verließ sie die Veranda. –

Zu ihrem Erstaunen bemerkte Hedwig am Frühstückstisch sowohl den Baron, als auch alle seine Freunde, die Amerikaner, Hamburger, Sachsen, Irländer und was zum Partieenklub gehörte. Die Morgentour des Barons mußte nur eine Vorbereitung zur Partie des Tages gewesen sein.

Ohne die allgemeine Morgenbegrüßung, die regelmäßig nach dem Frühstück auf der sonnigen Veranda stattfand, abzuwarten, eilte Hedwig fort, heute einmal ihren Plan auszuführen, zu der Ruine auf dem Waldhügel hinaufzusteigen. Der lahmen Juliette schnell einen Morgengruß zu sagen, wollte Hedwig nicht versäumen; führte auch ihr Weg nicht gerade da vorbei, so konnte sie ja nachher doch schnell über die Wiesen hin aus den Waldweg gelangen. Als sie die Anhöhe hinaufging, von wo sie gewöhnlich schon das Kind in seinem Sessel erblickte, bot sich ihr ein ganz neuer Anblick dar. Nicht das kranke Kind konnte sie sehen, aber eine Menge anderer Kinder, die da herumstanden und sich drängten und pufften; Frauen, die sich ganz aufgeregt gebärdeten, einige Männer, die verwundert dastanden; – was konnte das bedeuten zu einer Zeit, da sonst all' diese Leute bei ihrer Arbeit waren? Sollte der kranken Juliette etwas zugestoßen sein? Hedwig eilte hinzu. Da saß das Kind in seinem Sessel, mitten in all' den lärmenden Kindern und Frauen, umstellt, bedeckt, eigentlich überflutet von einer Fülle von durcheinander geworfenen Gegenständen, so daß Hedwig wie verwirrt stehen blieb; sie wußte absolut nicht, was sie vor sich sah. Die Augen des Kindes leuchteten wie Flammen, das sonst so bleiche Gesichtchen war hochrot, und in fieberhafter Erregung langten die schmalen Hände von einem Gegenstand zum anderen. Als das Kind Hedwig erblickte, rief es, leidenschaftlich mit beiden Armen sie herbeiwinkend: »Kommen Sie! Kommen Sie schnell! Es ist eingetroffen! Es ist alles begegnet!« Hedwig konnte endlich durch den Kinderknäuel vordringend zu dem Sessel gelangen und sah nun die Dinge im einzelnen. So etwas war ihr aber noch nicht vorgekommen: auf-, in- und übereinander lagen Tücher, Bänder, Kleidungsstücke, Schachteln, Bücher, Bilderbogen, Spielzeug, Kuchen und Zuckerwerk. In den Händen der Frauen, der Kinder, noch in Paketen auf dem Boden liegend – überall lag es wie gesät in allen Farben und Formen. Das Kind war vollkommen außer sich. Es klatschte die mageren Händchen zusammen, es schenkte auf alle Seiten; die großen, feurigen Augen schienen sein ganzes, volles Glück einsaugen zu wollen. Die Frauen und Kinder machten ihrer Verwunderung durch solchen Lärm Luft, daß kein Wort zu verstehen war. Hedwig trat nun ganz nahe heran und, die zitternde Hand des Kindes erfassend, sagte sie:

»Nun, Juliette, willst du mir denn nicht ruhig erzählen, was da geschehen ist? Sieh, ich begreife nichts von allem!«

»Ja, ich glaub's wohl, daß Sie's nicht begreifen«, rief das Kind, außer Atem vor Aufregung; »niemand begreift's, aber es ist alles gekommen, wie ich's erwartete. Am Morgen früh setzte mich die Mutter schon hinaus, denn sie sollten alle früh aufs Feld und erst spät heimkommen; und sie ging noch einmal ins Haus. Und ich schaute nach den Felsen, wo die Sonne fortgeht, und dachte: Wie lange wird's währen, bis sie wieder dort ist! Aber an einem so langen Tag kann man auch etwas erwarten. Und so war ich wieder froh. Und auf einmal kam ein Mann von dort herauf mit großen, weißen Knöpfen auf dem Rock und einer blauen Kappe, und er zog einen Karren, und große, hohe Bündel waren darauf. Und er kam hier heran und fragte: ›Wo ist das lahme Kind?‹ Ich sagte: ›Hier sitze ich‹. Da sagte er: ›Das ist alles für dich!‹ und legte alle Pakete hier zu mir her, eins nach dem anderen. Und ich bekam so starkes Herzklopfen und fragte: ›Wer schickt mir's?‹ Er sagte: ›Das weiß kein Mensch und wird nie ein Mensch wissen.‹ Und er fuhr weg. Nun hatte ich es immer erwartet, es müsse einmal so kommen; aber wie es nun wirklich gekommen war, o da war's noch ganz anders! Und ich zitterte so, daß ich kein Paket aufmachen, nicht einmal der Mutter rufen konnte, so war es mir vor den Atem gekommen; aber sie kam bald, und hier! hier! das war alles in den großen Bündeln.«

Hedwig mußte nun alles besehen, Stück für Stück, immer entdeckte das glückselige Kind wieder etwas Neues. Einen solchen Festtag hatte es in seinem Leben noch nicht gehabt. Es ließ Hedwigs Hand nicht los, sie mußte dableiben, sie mußte all das wundervolle Spielzeug erklären, die Bilderbücher durchsehen; sie mußte sich mitfreuen, daß die Mutter ein schönes Tuch bekomme und Mariette eines und dann erst noch eins bleibe. Auch alle die Schachteln und Büchschen mußte Hedwig aufmachen – es nahm kein Ende.

Aber auf einmal legte sich das Kind in seinen Sessel zurück; es war plötzlich stille geworden, die Freude hatte seine Kräfte erschöpft. Hedwig brach zum Fortgehen auf, mußte aber versprechen, morgen wiederzukommen und nachher noch jeden Tag, da wäre ja immer noch was Neues wieder zusammen anzusehen, meinte das Kind. »Jetzt ist die Freude für immer«, sagte es dann, nachdenklich seine großen Augen auf Hedwig richtend. »Jetzt kommt jeden Tag die Freude an dem allen und zuletzt am Ende noch die große Freude vom Käthchen im Himmel.« Das Kind war wieder bleich geworden, aber seine Augen leuchteten fort in heller Freude.

Hedwig konnte nicht mehr an ihren Gang nach der Waldhöhe denken, sie kehrte zurück, den Weg entlang, wo sie heute früh den

Baron gesehen hatte mit seinem hochbeladenen Handkarren. Sie wußte nun, wohin er diesen gesandt hatte und womit er beladen war. Ihm hatte sie von dem Kinde erzählt und von seinem täglichen, wie sie meinte, vergeblichen Erwarten. In welcher Weise hatte er daran gedacht! Ein wenig fühlte sie sich beschämt von ihm. Freilich, es ihm gleichtun konnte nicht jeder. Aber auch wenige, die es konnten, hätten es ihm gleichgetan. In dieses freudenlose Kinderleben einen solchen Sonnenschein zu werfen, dazu brauchte es vor allem ein warmes, teilnehmendes Herz, nicht nur das nötige Metall.

Dort stand der Baron im Garten. Er wollte wohl nicht, daß man ihn errate, er war ja so verlegen geworden bei ihrem Gruß am Morgen; aber Hedwig konnte nicht anders; sie lief zu ihm hin und streckte ihm bewegt ihre Hand entgegen.

»O hätten Sie das Fest mit ansehen können! Sie haben das freudenarme Kinderherz in Glückseligkeit getaucht. Das will ich Ihnen mein Leben lang nicht vergessen!«

Der Baron war ein wenig rot geworden, wohl vor Überraschung, daß er so schnell erkannt worden war; aber in seinen ehrlichen Augen lag ein Ausdruck großer Vergnüglichkeit. –

Im späteren Nachmittag, als die Sonne schon dem Berggipfel nahte, hinter den sie so früh sich niedersenkte, trat Hedwig aus dem Hause. Sie sah das Fräulein die Treppe des Nebenhauses herunterkommen, bereit zum verabredeten Gange nach dem Rebenhügel.

»Wohnen Sie hier im Nebenhaus?« fragte Hedwig verwundert.

»Jawohl«, war die Antwort, »und mein Fenster sieht zu Ihnen hinüber; ich bemerkte: es heute früh, als Sie hinausschauten.«

»Und ich habe gestern Abend Ihr Licht gesehen, ohne zu wissen, daß es das Ihrige war«, erwiderte Hedwig. »Wie spät erst haben Sie es ausgelöscht!«

»Ich kann nicht früher einschlafen, meistens auch dann noch nicht, wie spät ich das Licht auch auslösche«, bemerkte das Fräulein.

»So sind Sie krank?« fragte Hedwig teilnehmend.

»Ja, ich bin krank.«

Die Antwort war so kurz gegeben, daß Hedwig nicht weiter fragen mochte, wie groß auch ihre Teilnahme war. Sie waren nun am Hügel angekommen und stiegen schweigend den sonnenbeschienenen Weg hinan. Jetzt zeigte sich die Bank auf der Anhöhe. »Dort ist Ihre Bank«, sagte das Fräulein, »die meinige ist weiter weg und schaut nicht auf diesen bewohnten, lebendig bewegten Talgrund hinab. Die Aussicht ist sehr still dort oben und niemand kommt dahin.«

»Wir wollen doch zu Ihrer Bank hinaufgehen, wenn es Ihnen lieber ist.«

Die Wandernden setzten ihren Weg fort, erst eine Strecke weit über trockenes Weideland hin, dann in den Wald hinein, wo die noch blätterreichen Kastanienbäume dunkle Schatten über den moosbedeckten Boden breiteten. Dann führte der schmale Pfad wieder aus dem Walde hinaus, dem steilen Abhang zu, der auf das steinige Flußbett der wilden Gyronne niederschaut. Hier stand die Bank, im Angesicht der dunkel emporragenden Felsen der Dent du Midi, die rauh und zerklüftet nach dieser Seite hin wie drohende Gewalten sich erheben. Vom Abhang bis ins Tal hinunter schloß auf der einen Seite der dichte Wald die Landschaft ab, und sein tief tönendes Rauschen war der einzige Laut, der zu der einsam-stillen Höhe empordrang.

Die Frauen setzten sich auf die Bank nieder und blickten eine Weile schweigend auf die düsteren Felsenhöhen vor sich.

Hedwig war noch ganz erfüllt von dem Eindruck des heutigen Morgens. Sie erzählte dem Fräulein die Geschichte des lahmen Kindes und was sie heute mit ihm erlebt hatte. Das Fräulein hörte mit großer Teilnahme zu, und wie Hedwig zu der erfüllten Erwartung und dem überflutenden Glück des Kindes kam, da fuhr ein Freudenstrahl durch die traurigen Augen, der Hedwig einen Augenblick ganz von ihrer Erzählung abzog. Wie wunderbar konnten diese traurigen Augen aufleuchten! Die ganze Persönlichkeit war verwandelt dadurch.

»Könnte ich doch dem jungen Mann die Hand drücken, ich möchte ihm danken für seine Tat«, sagte das Fräulein mit Wärme; doch schon lag der alte Schatten wieder auf dem schönen Angesicht.

Hedwig bemerkte, es sei wohl besser, wenn weiter nicht von der Sache gesprochen werde und der Baron nicht höre, daß sie davon erzählt habe; er hatte so deutlich gezeigt, daß er unentdeckt bleiben wollte. Aber den Baron dem Fräulein vorstellen, wollte Hedwig sehr gerne, es würde ihm auch große Freude machen, das wisse sie. Gar zu jung sei er übrigens nicht mehr, setzte Hedwig hinzu, die bemerkt hatte, daß das Fräulein ihn fortwährend als jungen Menschen bezeichnete.

»Er macht mir einen sehr jugendlichen Eindruck«, erwiderte das Fräulein, »das mag ich gerade so gerne an ihm. Wenn ich ihn so herauslachen höre, oder wenn er so freudeverheißend herumrennt, als wäre das ganze Leben ein endloser Festtag, da schaue ich ihm so gerne zu und denke dabei: Könnte ich doch nur ein einzig Mal mit einem solchen leichten Kinderherzen um mich schauen!«

»Sollte das Leben schon so schwer auf Ihnen liegen?« fragte Hedwig. »Es tut mir weh, Sie so traurig und gedrückt zu sehen und Ihnen nicht zeigen zu können, wie sehr es mir zu Herzen geht, wie gerne ich etwas für Sie tun möchte.«

»Eine warme Teilnahme fühlt man sich bald ab, wie die Sympathie des Herzens. Aber« – das Fräulein zögerte – »beide sind so leicht zu verscheuchen.«

»Doch nicht, indem wir andere wissen lassen, daß wir Leid tragen«, wandte Hedwig ein.

»Krankheiten, die nicht zu heilen sind, müssen die Menschen abschrecken; Sie kennen wohl keine solchen«, gab das Fräulein zurück und blickte bei diesen Worten fast scheu auf ihre Begleiterin.

Hedwig entgegnete, sie glaube, alle wahre Teilnahme am Leiden hänge mit dem Einblick in dasselbe nah zusammen. Wer einmal selbst in tiefem Leid gelegen, der könne nie mehr solchem begegnen, ohne es mitzufühlen und das Verlangen zu haben auch mitzutragen, wo dies Erleichterung bringen könnte.

»Es gibt Leiden, die kein Recht haben auf solche Teilnahme« – das Fräulein hielt einen Augenblick zögernd inne –; »wie können sie nur ausgesprochen werden vor guten Menschen, die keine Schuld kennen?«

»Wo sind diese?« fragte Hedwig.

Das Fräulein schaute sie erstaunt an. Sie schwiegen beide.

Die Walliser Höhen standen dunkelragend auf dem klaren Abendhimmel; drüben an den grauen Felsen der Dent du Midi verglomm der letzte Strahl der Sonne; nun war sie fort. In den Bäumen im nahen Walde hatte sich der Abendwind gelegt, es wurde völlig still rings um sie her. Ob das kranke Wesen neben ihr nicht wohltuend von der Abendfülle angeweht wurde? dachte Hedwig, ihre Nachbarin anblickend. Diese schaute nicht auf; unverwandt waren ihre Blicke auf den Boden geheftet, sie bemerkte nicht, was um sie, nur was in ihr war. Auf einmal fuhr sie aus ihren Gedanken empor:

»Wenn ich doch das Kind sehen könnte in seiner Freude! Können wir nicht gleich noch hingehen?« fragte sie bittend. »O könnte ich dem Kinde meine Lebenskraft geben und es gäbe mir sein fröhliches Herz dafür!«

»So lassen Sie uns schnell gehen«, sagte Hedwig aufstehend; »sonst finden wir das Kind nicht mehr unter dem Baume sitzend. Aber lassen Sie ihm sein fröhliches Herz, der liebe Gott hat wohl auch noch eines für Sie, wenn Sie es von ihm begehren.«

»Wie dürft' ich!« war die kurze, wie abschließende Antwort.

Beide wanderten schweigend nebeneinander den Berg hinunter, an den Häusern des Fleckens vorbei nach dem Weg unter den Nußbäumen hin. Hier, im langsamen Aufwärtsgehen, bat Hedwig das Fräulein, ihr doch einmal ihren Familiennamen auszusprechen, sie kenne ihn immer noch nicht genau.

»Er ist auch so weitläufig«, gab das Fräulein zur Antwort; »ich heiße Alice und mag es sehr gern, wenn Sie mich so nennen wollen.«

Hedwig und Alice waren bei dem Kirschbaum angekommen; aber da war niemand mehr zu sehen; das Kind mit all seinen Herrlichkeiten war verschwunden. Sonst war es um diese Zeit noch da zu finden, wenn die Luft mild war, wie heute. Jetzt trat die Mutter aus dem Hause; sie hatte die Damen gesehen und kam, sie zu benachrichtigen. Das Kind hatte sich so müde gefreut, daß es plötzlich, noch ganz früh, in seinen Sessel zurückgefallen und in tiefen Schlaf gesunken war. Es mußte mit all seinen Schätzen ins Haus getragen werden, wo es nun fortschlief.

»Wie glücklich wird das Kind beim Erwachen sein!« sagte Fräulein Alice.

»Jawohl«, meinte die Frau. So etwas sei auch noch gar nie erlebt worden. Sie kenne ja keinen Menschen, der das hätte tun können; nur an eine Dame habe sie gedacht, weil diese so oft das Kind besuche. Damit schaute die Frau fragend auf Hedwig hin. Diese erklärte aber entschieden, da sei die Frau im Irrtum, die Überraschung sei ihr wohl von jemand gemacht worden, der Teilnahme für die kranke Juliette habe, wenn sie den Wohltäter auch nicht kenne.

»Dann weiß ich nicht, wie so etwas sein kann«, sagte die Frau, sichtlich aufs neue verwundert. »So hat es unser Herrgott im Himmel selbst einem ins Herz gegeben, daß er eine solche Tat tue.« Nicht nur all das schöne Zeug, das dem Kinde vor Freude darüber fast den Kopf verdrehe, meinte sie, auch so manches gute Stück zum Warmhalten, nun es bald nötig werde, habe der Wohltäter ausgesucht, und ein paar Sachen, die sie schon so lange für die Kinder nötig gehabt hätte und zu denen sie nicht gelangen konnte, das sei ihm auch sicher extra ins Herz gegeben worden, denn der liebe Gott wisse wohl, wie schwer es ihr oft werde mit all den Kindern und Sorgen und zu aller Not noch immer die Mühe und den Kummer um das kranke, bei dem gar kein Gesundwerden abzusehen sei. Die Frau seufzte schwer auf und wischte sich die Augen.

»Ach Frau«, sagte Fräulein Alice, »Ihr habt es noch gut, Ihr könnt Euch trösten im Gedanken, daß Ihr unverschuldetes Elend leidet; das drückt nicht wie eigene Schuld, und man hat den lieben Gott für sich.«

Die Frau wischte sich die Augen heftiger.

»Wenn einem nur nicht die schweren Gedanken noch dazu kämen«, sagte sie schluchzend; »aber es weiß auch niemand, wie's unsereinem werden kann, wenn ihm die Sorgen über den Kopf zusammenschlagen, daß man keinen Weg mehr vor sich sieht und auf alle Art das Kind verwünscht, das noch kommen soll, die Not zu vermehren. Und nachher frißt es einem am Herzen, wenn das Kind da ist und so elend daliegt und so ist, daß man denkt, es müsse die Verwünschung an seinem Leibe herumtragen.«

Alice mußte die Gewissensnot der Frau besser verstanden haben, als ihr äußeres Elend. Mit einem Ausdruck des Schreckens sagte sie: »O, arme Frau, so möge Euch Gott helfen!«

Sie wandte sich sogleich und ging. Hedwig blieb noch einige Augenblicke bei der Frau stehen, es drängte sie, der Weinenden noch ein Wort der Teilnahme zu sagen und sie darauf hinzuweisen, daß wir ja doch in jeder Not Trost finden können, wenn wir uns an den rechten Tröster wenden. Die Frau war sehr bewegt und sagte, die Sache habe sie lange schon geplagt und sie habe mit niemand darüber reden können; daß sie es jetzt doch einmal habe aussprechen können, habe ihr schon das Herz erleichtert, und wenn einem so mit Teilnahme eine Hand gereicht werde, so komme man auch eher wieder zum Gefühl, daß der liebe Gott auch barmherzig sei und ein armes Geschöpf nicht vergessen und verlassen wolle.

Fräulein Alice mußte eilig zurückgegangen sein, Hedwig holte sie nicht mehr ein. Am Gartenpförtchen stand der Baron.

»Auf was für Pfaden irren denn Sie umher, daß man Sie gar nicht mehr sieht?« rief er ihr entgegen.

»Auf solchen, die ohne Zweifel Ihren Beifall haben werden«, entgegnete Hedwig eintretend, und nun mit dem Baron durch den Garten wandernd, erzählte sie ihm, daß sie schon gute Bekanntschaft mit seiner Römerin geschlossen habe, schneller und tiefer, als sie sich's möglich gedacht hätte; daß sie in ihr aber gar nicht die stolze, kalte Majestät, die sie erwartet, sondern ein herzgewinnendes, ganz menschlich fühlendes Wesen entdeckt habe, das aus lauter Menschenfreundlichkeit auch den Wunsch hege, den Baron kennen zu lernen.

Er war sehr erfreut darüber und hatte gleich noch ein Dutzend Fragen bereit, die neue Bekanntschaft betreffend; aber die Glocke, die eben als Ruf zum Teetisch ertönte, schnitt alle weiteren Besprechungen ab. Nur das Versprechen mußte Hedwig ihm noch geben, daß sie gleich den Abend noch die Vorstellung herbeiführen werde.

Zum ersten Male, seit die Gesellschaft sich zusammengefunden, saß an diesem Abend im Saale die als Eremitin bekannte Dame nicht mehr allein in ihrer Ecke: Hedwig saß neben ihr; vor ihnen stand der Baron. Er war ganz Leben, Witz und Humor. Solche Rednergabe hatte er noch nie entwickelt; er sprühte völlig von geistreichen Einfällen und überraschenden Wendungen. Wurde er hier und da vom Komischen der Begebenheiten, die er schilderte, selbst so überwältigt, daß plötzlich sein helles Lachen hervorbrach wie ein Wasserstrom, dann ging ein leises Lächeln auch über Alicens Züge und einen Augenblick schauten die dunkeln Augen erglänzend auf – aber es ging schnell vorüber; die Schatten lagen gleich wieder tief auf den schönen Zügen. Die Arbeit ließ sie heute ruhen. Früh schon stand das Fräulein auf, um den Saal zu verlassen. Hedwig trat mit ihr hinaus auf die Veranda. Die Nacht war mild und sternenhell. An dem dunkelblauen Himmel stand der junge Mond, ringsum flüsterten die Zweige, leise vom Nachtwind bewegt. Die beiden hatten eine Weile schweigend und lauschend dagestanden, als Hedwig meinte, hier könnten sie nicht länger bleiben, nach und nach würde es zu kühl, wie schön auch die Nacht sei. Sie fragte, ob Fräulein Alice sich schon zurückziehen oder noch einmal in den Saal eintreten wolle.

»Nein, nein!« rief diese abwehrend aus. »Ich hatte keine Ruhe mehr drinnen unter den vielredenden Menschen; aber auf mein einsames Zimmer zu gehen, erschreckt mich auch, die Nacht ist so lang!«

»Wollen Sie mit mir in meine Stube hinaufkommen?« fragte Hedwig; »da sind Sie nicht allein und auch nicht unter vielredenden Menschen.«

Alice willigte sogleich ein. Sie stiegen zusammen nach der Eckstube hinauf, wo in das eine Fenster die Kirche herüberschaute und vor dem anderen die dunkeln Walnußbäume leise rauschten und ihre Schatten auf den mondbeglänzten Wiesengrund warfen. An diesem Fenster setzte sich Alice nieder.

»Kommen Sie hierher zu mir und machen Sie kein Licht«, sagte sie, »Mond und Sterne machen hell genug, und man sieht die Landschaft besser so.«

Hedwig setzte sich neben Alice hin. Diese fing bald von der Mutter des lahmen Kindes zu sprechen an; sie war sichtlich noch ganz erfüllt von dem Eindruck, den die Worte der Frau auf sie gemacht hatten.

»Wer doch der armen Frau helfen könnte!« wiederholte sie nochmals in bewegtem Tone. »So viel Not und Kummer und dazu noch einen Vorwurf im Gewissen! Wer doch einen Trost für sie hätte!«

»Fräulein Alice«, sagte Hedwig, »so, wie Sie von dem Jammer dieser Frau erfüllt sind, und noch viel mehr und viel tiefer, bin ich von Ihrem eigenen Kummer erfüllt, den ich nicht kenne, aber wohl jedem Ihrer Worte abfühle. Immerfort und schmerzlich verlangend heißt es für Sie in meinem Herzen: ›Ach wer ihr doch helfen könnte! Wer doch einen Trost für sie hätte!‹«

Alice ergriff Hedwigs Hand und hielt sie zwischen den ihrigen fest. »Ich verdiene nicht, daß jemand so warmen Anteil an mir nimmt; aber es tut so wohl! Ich stehe so ganz allein hier – nicht nur hier«; – sie hielt wieder inne und blieb stumm.

Hedwig fragte sie, ob sie zu den Naturen gehöre, die besser tun sich verschlossen zu halten, weil sie sich über ein Aufschließen ihres Wesens nachher mehr grämen, als über ihr Alleinstehen; oder ob sie beide sich noch zu wenig kennten, um gegenseitig ein volles Vertrauen zueinander gefaßt zu haben.

»Nein, nein, das ist's nicht«, sagte Alice lebhaft; »ich hatte bald Vertrauen zu Ihnen, ich fühlte auch Ihre Teilnahme für mich und hätte gerne schon zu Ihnen geredet, um einmal jemand zu zeigen, wer ich bin, und es auszusprechen, wie schlecht ich bin. Ich meine, schon das hatte mich erleichtern müssen. Aber – es ist bitter, zu denken, eine warme Teilnahme könnte sich in Abneigung, in Verachtung verwandeln.«

»Könnten Sie das glauben?« fragte Hedwig, indem sie Alice tief in die Augen schaute. »Sie so von einer schweren inneren Last niedergedrückt zu sehen, hat mein Verlangen erweckt, Ihr Vertrauen zu gewinnen, und ich glaube, wir müßten uns wohl verstehen können. Was meinen Sie, wird der Gerettete am Lande mit Verachtung auf den hinschauen, der draußen noch mit den bitteren Wogen kämpft, denen er selbst gnädig entrissen worden ist?«

Alice legte ihren Arm um Hedwig: »Ich möchte wohl mein Herz Ihnen ausschütten – wenn ich's kann«, setzte sie leise hinzu. Die entgegenkommende Liebe löste ihr die Worte von den Lippen.

Hier im Sternenschein, auf den stillen Wiesengrund blickend, saßen die beiden lange Stunden. Alice hatte ihr Herz aufgeschlossen und ohne Rückhalt legte sie, was ihr auf der Seele lag und was sie noch nie hatte aussprechen können, vor die Freundin und ließ diese einen Blick in ihren ganzen Lebensgang tun. Alicens Vater war ein Schotte. Seine Güter lagen an den Ufern des dunkelgrünen Tay. Von dem alten grauen Hause aus, hoch oben unter den Eichen, hörte man das Rauschen seiner Wellen, Nur wie an einen Traum erinnerte sich Alice der Zeit, die sie da verlebt hatte. Ihre Mutter war eine Norddeutsche gewesen; Alice hatte sie nie anders als leidend gekannt. Sie litt an einer Halskrankheit und die Ärzte fanden den Zustand bald so gefährlich, daß sie dem Vater rieten, ein milderes Klima aufzusuchen. Er verließ seine Güter und zog nach Südfrankreich, wo er in der Nähe eines besuchten Kurortes in abgeschlossener Lage eine Villa nach seinem Sinne fand, die er ankaufte, um sich da mit seiner Familie niederzulassen. Erst hier begannen Alicens klare Erinnerungen. Die Familie lebte sehr abgeschieden; die Mutter war krank, der Vater, durch diesen Zustand noch ungeselliger geworden, als er schon von Natur war, hatte hier in der Fremde gar keine Beziehungen angeknüpft. Alice wurde mit einer jüngeren Schwester von einer deutschen Erzieherin erzogen. Diese war jahrelang ihr einziger Umgang, so daß Alice nur deutsch sprach und ausschließlich von deutschem Wesen beeinflußt wurde. Kaum zwölf Jahre alt – die jüngere Schwester zählte noch nicht neun –, verlor sie ihre Mutter.

Ihr Vater mußte den neuen Wohnort lieb gewonnen haben, es war nie von einer Rückkehr in die Heimat die Rede. Die Mädchen lebten mit ihm und der Erzieherin fort in einer Abgeschlossenheit, in der, wie Alice sich ausdrückte, »eine Menschenseele ermatten, oder zu krankhafter innerer Erregung gesteigert werden mußte.«

»Ich kam zu dem letzteren, nachdem das erstere mir gedroht hatte. Ich war an die Bibliothek meines Vaters geraten und war da mit Geistern in Berührung gekommen, die das gebannte Leben plötzlich in mir lösten. Ich las alles, was ich vorfand, und ich fand vieles, denn mein Vater brachte seine ganze Zeit mit Lesen zu, und was er schätzte, kam in seine Bibliothek. Da sah ich, was ein Menschendasein ist draußen in der Welt, wo das Leben pulsiert, wo die Geister Leben erweckend sich berühren. Es kam wie ein Fieber in mich, das regungslose Dasein konnte ich nicht mehr ertragen, ich mußte hinaus, ich mußte, und es war ja leicht, dies auszuführen. In einer Stadt des Nordens, wo die Wellen des geistigen Lebens hochgehen, wohnen die nahen Verwandten meiner seligen Mutter, die mich oft schon zu sich gebeten hatten. Ich dachte nun Tag und Nacht darauf, wie ich meinen Plan ausführen und meinen Vater für die Sache gewinnen könnte. Um diese Zeit kam ein Prediger der schottischen Kirche in dem nahen Kurort an, der hier das Amt des Geistlichen für längere Zeit angenommen hatte. Er brachte Empfehlungen an meinen Vater mit und besuchte uns nun oft. Schon daß dadurch die Einförmigkeit unserer Tage unterbrochen wurde, machte uns seine Besuche lieb, viel mehr aber die Bemerkung, daß mein Vater dabei zu einer geistigen Lebendigkeit erwachte, wie wir sie an ihm nie gekannt hatten. Der Prediger ist ein feingebildeter Mann, der lange auch auf deutschen Universitäten studiert hat und auf allen geistigen Gebieten wohlbewandert ist. Wo immer mein Vater Auskunft zu haben wünschte, er hatte sich nur an den Prediger zu wenden, und er war sicher, ins klare zu kommen. Mein Vater pflegte von ihm zu sagen, von diesem Manne gelte nicht nur das Wort, er habe auf jedem Felde gepflügt, besser könne man von ihm sagen, er habe darauf gearbeitet vom Samenstreuen bis zum Fruchtschneiden. Bald konnte auch mein Vater diesen Umgang gar nicht mehr entbehren. Wir hatten unsere besondere Freude an dem Verhältnis, meine Schwester und ich trugen auch unseren Gewinn davon. Die feine Art in Wort und Wesen des Predigers gefiel uns wohl, und seine Unterhaltung war so lehrreich und anregend, daß uns jeder seiner Besuche zu neuen Studien leitete und neue Blicke auftat. Pastor A. war sehr ernst; aber es lag etwas Poetisches in seinem Wesen, in seinen Worten, in seiner ganzen Erscheinung. Er las uns die Werke der deutschen Dichter vor und machte uns auf ihre Besonderheiten aufmerksam. Wir lernten so viel Schönes durch ihn kennen, und alles, was er erst selbst aufgenommen hatte und uns dann wiedergab, gewann einen neuen, lebendigen Sinn und eine tiefe Bedeutung.

Mir ging durch ihn jeden Tag ein neues Verständnis auf; es steigerte sich mein Verlangen, dahin zu kommen, wo solch geistiges Regen und Bewegen nicht nur die spärliche Gabe des einzelnen bliebe, sondern von allen Seiten aus voll sprudelnden Quellen fließen würde. Mit einem Male empfand ich – glaubte ich zu bemerken, daß Pastor A. nicht mehr ganz derselbe war, wie ich ihn von Anfang an gekannt hatte; es war in seinem ganzen Benehmen etwas anders geworden, und ich fühlte bald, daß er nur gegen mich verändert war; mit Lucy und dem Vater hatte er das gewohnte, trauliche Wesen beibehalten. Es kam ein ängstlicher Gedanke über mich. Dann sagte ich mir wieder, es sei alles nur Einbildung von mir, und so ging es eine Zeit lang weiter. Pastor A. war nun unser täglicher Gast geworden, mein Vater konnte ihn nicht mehr entbehren, ein Abend ohne ihn war für uns alle wie verloren. Pastor A. las uns damals Schleiermachers Briefe vor. Eines Abends, wie er eben eine Bemerkung über das gewinnbringende Zusammenstießen so vieler geistiger Elemente in jenen Kreisen Berlins gelesen hatte, ruft Lucy plötzlich aus:

›Das kannst du dann alles aus der ersten Hand haben, bist du einmal dort, und gibt es noch solche Leute da heutzutage.‹

Der Pastor legte das Buch nieder.

›Sie denken an ein Fortgehen von uns?‹ fragte er, etwas überrascht.

Ich sah meinen Vater an.

›Es hat Zeit‹, bemerkte dieser.

›Ich denke wohl daran‹ sagte ich nun; ›sobald der Vater einwilligt, reise ich und viel lieber heute als morgen.‹

Es entging mir nicht, welchen Eindruck meine Worte auf Pastor A. machten. Er sprach kein Wort mehr. Meine Schwester forderte ihn auf, weiter zu lesen; er entschuldigte sich, seine Stimme sei nicht gut. Mein Vater wollte einige schottische Verhältnisse mit ihm besprechen, mit denen der Pastor wohlbekannt war, und er, den ich noch nie zerstreut gesehen hatte, gab ganz unzusammenhängende Antworten. Viel früher als sonst verließ er uns. Mein Vater bemerkte nach seinem Fortgehen, Pastor A. müsse heute Abend von seinen eigenen Gedanken in Anspruch genommen gewesen sein, was ihm begreiflich sei, denn der Mann gehöre seinen Kenntnissen und Fähigkeiten nach auf einen ganz anderen Posten; er werde aber alles tun, ihn festzuhalten, das würde jeder tun, der mit ihm zusammenhänge. Ich schlief nicht in jener Nacht. Daß es nur zu keinem Aussprechen kommen möchte, war meine große Sorge; daß nur alles so bleiben könnte und ich nicht schuld an einem unersätzlichen Verlust für meinen Vater sein müßte! Daß ich nun so bald als möglich reisen wollte, das stand mir fest, denn fort mußte ich, jetzt mehr als je! Es kam ein kalter Schrecken über mich beim Gedanken, hier für alle Zeit festgebannt zu bleiben, oder gar nach den Einöden der schottischen Hochlande verschlagen zu werden, was der Pastor als Ideal in der Seele trug. Niemals! Ich war entschlossen, die erste günstige Gelegenheit zu benutzen, so klar zu reden, daß Pastor A. mich verstehen müßte; ich mußte suchen, so schnell als möglich mein Ziel zu erreichen, damit nur keine Worte fallen könnten von seiner Seite, die uns allen leid tun müßten. Kaum war er auch erschienen am folgenden Tage, als ich sogleich unser Buch herbeiholte und weiter zu lesen begehrte, weil mir in dieser Luft weit und wohl werde. Nur in solchen Umgebungen könnten die Menschen sich entfalten und das Leben einen wirklichen Wert für sie bekommen. Von allen bedauerlichen Existenzen fände ich die allerbedauernswerteste diejenige einer Frau, die ihr Schicksal in einen einsamen Landwinkel geworfen habe, um sie da geistig verarmen und verdorren zu lassen. Das Beste für sie sei dabei noch, wenn sie niemals zu einem bewußten Dasein erwache, denn was sollte sie mit ihrem Leben tun, wo alles tot um sie sei! Mir wäre eine solche Existenz dem Begrabenwerden gleich. Was ich noch sagte, weiß ich nicht mehr, ich war wie im Fieber.

Es hätte wohl nicht so viel gebraucht. Pastor A. sagte nicht ein Wort. Er war für den Vater aufmerksam wie immer; nur das Vorlesen, bat er, möchten wir ihm für heute erlassen, noch könne er seine Stimme nicht recht gebrauchen. Dann ging er weg und kam viele Tage nicht wieder. Schon am zweiten Tage seines Ausbleibens hatte mein Vater nach ihm ausgeschickt, um zu wissen, was mit ihm sei, denn er vermißte seine Gesellschaft schmerzlich. Der Pastor ließ ihm sagen, er sei unwohl geworden; sobald er es tun könne, werde er wieder kommen. Er kam auch wieder.«

Hier hielt Alice inne, als wäre sie zu Ende. Sie hatte den Kopf in ihre Hände gelegt; auf einmal brach sie in Schluchzen aus.

»O wär' er nicht wieder gekommen, so wäre alles nicht geschehen. Ich kann's nicht mehr ertragen.«

Hedwig stand auf: »Ich will Sie nach ihrem Zimmer bringen«, sagte sie, Alicens Arm in den ihrigen legend, »wir kommen ein andermal wieder zusammen.«

»Nein, nein«, rief Alice erschrocken aus, »nur nicht nach dem einsamen Zimmer; da sitze ich die halben Nächte und noch länger in der lautlosen Stille und sage mir immer dasselbe, immer dasselbe und sehe keine Rettung aus dem Unerträglichen! Hier sind Sie doch und haben Mitleid mit mir«

Hedwig konnte die Arme wohl eine warme Teilnahme empfinden lassen; ihr ganzes Herz war bewegt für sie.

»Ich will alles erzählen«, sagte Alice nach einer Weile mit ruhigem Ton, »ich will einmal alles aussprechen. Pastor A. kam wieder, aber wie war alles anders geworden zwischen uns! Er war ausnehmend höflich gegen mich, so höflich, daß es mir ins Herz schnitt. Er fragte nicht mehr mit Wärme nach meinem Urteil, oder nach dem Eindruck, den das Vorgelesene auf mich machte. Er lauschte nicht mehr vor allem nach meiner Zustimmung zu seinen Worten; er hatte kein herzliches Wort, keinen frohen Blick des Wiedersehens mehr, wenn er kam, wie ich es bei ihm gekannt hatte. Gegen den Vater und Lucy war er nicht verändert, doch war er schweigsamer als vorher, und ich bemerkte auch wohl, daß er nicht mehr mit der ganzen Seele bei unseren Gesprächen oder bei einer Lektüre war, wie ich das bei ihm zu finden gewohnt war. Ich weiß nicht, wie es kam, ich beschäftigte mich jetzt viel mehr als je vorher mit ihm. Alle seine Worte mußte ich mit denen der vergangenen Tage zusammenstellen, und war ich vorher gewohnt, daß er bei allem auf meine Zustimmung oder mein Verurteilen besonders lauschte, so lauschte ich jetzt auf das seinige. Wie wünschte ich die früheren Tage unseres unbefangenen Verkehrs zurück! Ich weiß nicht, war es meine gesteigerte Empfindlichkeit, war es völlige Einbildung, oder war etwas Wirkliches dabei: genug, ich glaubte zu bemerken, daß Pastor A. sich nach und nach immer näher zu Lucy hielt, und daß sie mehr und mehr an die Stelle trat, die ich eingenommen hatte.

Mich überfiel ein unaussprechlich marterndes Gefühl, das ich nie gekannt hatte, das mir alle Ruhe raubte und mich Tag und Nacht verfolgte. Alle Lust zum Fortgehen war mir völlig verschwunden, ich hatte keinen anderen Gedanken, keinen Wunsch mehr, als nur das eine, daß alles noch wäre, wie es einmal war, und doch wußte ich, es war für immer vorüber.

In jenen Tagen kam ein junger englischer Offizier in unser Haus, dessen Vater ein alter Bekannter unserer Familie war. Der junge Mann hatte auf seiner Rückreise nach Indien, wo er im Dienste stand, noch einige Freunde seines Hauses aufgesucht, die in der Nähe verweilten. Er warb um Lucy. Wir kannten ihn nur wenig; ich war nicht für ihn eingenommen; es lag etwas Wildes in seinem Blick, und in seinem ganzen Wesen hatte er etwas Gewalttätiges. Der Vater war nicht gegen die Verbindung, er ließ meine Schwester ganz frei entscheiden. Lucy wandte sich an mich, wie mit allen ihren Angelegenheiten, denn sie war wie Wachs in meiner Hand. Ich stieß sie in die Verbindung hinein. Sobald sie verlobt war, erkannte ich, daß Lucy entschieden dem Unglück entgegengehe; ich hatte sie dahin gebracht und ich wußte, warum. Nicht aus irregeleitetem Interesse für sie hatte ich es getan, das wäre zu verzeihen gewesen, nein, ich hatte sie geopfert aus brennender Eifersucht. Der Verlobte zeigte sich als ein innerlich roher, gewalttätiger Mensch. Lucy verlor täglich mehr ihre kindliche Fröhlichkeit; sie wurde still und sah abgehärmt aus; sie war nicht mehr dieselbe. Ich habe keine frohe Stunde mehr gehabt seither.«

»Ist sie denn schon verheiratet, ist denn kein Zurückgehen mehr möglich?« fragte Hedwig, als Alice innehielt.

»O, daran ist gar nicht zu denken«, entgegnete diese mit abschließender Bestimmtheit. »Mein Vater hat Lucy vollkommen freie Wahl gelassen; nun sie aber ihr Wort gegeben hat, würde er ihr nie gestatten, es wieder zu brechen. Meine Schwester denkt auch nicht daran. Sie nimmt ihr Los an, wie es gefallen ist, hält still und geht nun mit diesem Menschen fort nach dem fernen Indien, allein mit diesem

Menschen. Sie wird es nicht lange aushalten, und ich habe alles getan, ich habe ihr junges Leben gemordet. Wie die Hochzeit nahte, die um seines Dienstantritts willen bald sein sollte, konnte ich meine Angst und Qual nicht mehr bemeistern. ich kam in einen solchen Zustand der Aufregung, daß ich Tag und Nacht ruhelos umherlief und kein Schlaf mehr in meine Augen kam, wie matt und entkräftet ich mich auch fühlen mochte. Ich weiß, was das heißt, was irgendwo gesagt ist von einem unauslöschlichen Feuer und einem ewig nagenden Wurm. So ist es in meinem Herzen. Der Arzt verordnete, ich sollte in andere Luft kommen, er schickte mich hierher. Ich ging gern, ich hoffte fern von allem die Sache ruhiger ansehen zu können, meiner Qual los zu werden; aber sie ist mit mir da. Täglich, stündlich erwarte ich den Brief, der mir die Anzeige von der Hochzeit und der Abreise meiner Schwester bringt, die ich nicht mehr sehen werde und die ich ins Elend hinausgestoßen habe.«

Alice legte ihren Kopf auf Hedwigs Schulter und schluchzte laut. Es war unterdessen spät geworden, eben hatte die alte Turmuhr drüben eins geschlagen. Hedwig stand auf. Sie nahm Alice bei der Hand und führte sie nach dem Nebengebäude hinüber in ihr Zimmer.

»Tun Sie mir eines zuliebe, Fräulein Alice«, sagte sie mit dem Ton bekümmerter Teilnahme, »bleiben Sie nicht mehr hier sitzen, grübelnd und wachend in die Nacht hinein, immer und immer wieder sich dasselbe vorhaltend; es macht die Sache nicht ungeschehen und führt Sie zu keinem Frieden. Werfen Sie sich auf ihre Knie und rufen Sie den an, der allein Ihnen helfen kann.« –

Sechstes Kapitel

Von diesem Abend an waren Hedwig und Alice unzertrennlich beisammen. Am Tage zogen sie durch die stillen Waldwege und zu der einsamen Bank hinauf. Da saßen sie viele Stunden lang, die dunkeln Wipfel des Kastanienwaldes zu ihren Füßen, die felsigen Savoyergebirge vor ihnen emporragend. Ihr Gespräch bewegte sich fortwährend um denselben Gegenstand. Nun Alice einmal ihr Herz aufgeschlossen hatte, war es ihr nicht mehr peinlich; im Gegenteil, sie fand eine Erleichterung darin, sich immer voller auszusprechen, sich immer neu, immer schärfer anzuklagen. Sie fand auch das tiefste Mitgefühl bei ihrer Gefährtin. Hedwig hatte sie so auf ihr Herz genommen, daß Alicens Leiden ihr eigenes geworden war. Sie rang und flehte für die Gequälte manche bange Stunde der Nacht durch, denn immer wieder sah sie das kleine Licht drüben schimmern und wußte, daß die Arme ruhelos ihrer bitteren Reue, ihren brennenden Vorwürfen hingegeben war.

Auf ihren Gängen am sonnigen Tage konnte Alice zuweilen dazu kommen, einen Blick um sich zu tun. Sehr oft trafen die Wandernden mit dem Baron zusammen, der sich gern ihnen anschloß und manchen schönen Herbstnachmittag mit ihnen durch die Wälder streifte und über die sonnige Höhe heimkehrte. In seiner Gesellschaft schien Alice für Augenblicke ihren nagenden Wurm vergessen zu können. Seine unverwüstliche Fröhlichkeit ergoß sich über alles, das ihm nahe kam, und seine helle Freude auf jedem Schritt, über die Blumen am Wege und die Vögel auf den Zweigen, über die hochroten Äpfel am Baum, über Himmel und Erde und vor allem über den goldenen Sonnenschein darauf, war völlig ansteckend. Für Alice war der Baron von der zartesten Aufmerksamkeit und in ihrer Nähe immer so maßvoll in den Ausbrüchen seines Frohsinns, als wüßte er genau, wie viel und wie wenig davon ein trauriges Herz erträgt. Ihm allein gelang es denn auch zuweilen, die Schatten von ihrer Stirne zu verscheuchen und einen leisen Sonnenblick hervorzurufen. Aber es war alles nur ein kurzes Selbstvergessen. Kamen die stillen Abendstunden, welche die Freundinnen jetzt immer auf Hedwigs Zimmer zubrachten, so stieg mit der alten Macht das Weh ihres Herzens und die unnennbare Qual ihres Gewissens auf.

»Ach, ich bete jetzt wirklich«, antwortete sie eines Abends auf Hedwigs wiederholte Erinnerung, »ich bete so anders, als ich es je vorher in meinem Leben getan habe. Früher war mein Gebet gerade so, als ob ich noch schnell dem lieben Gott gute Nacht wünschte; aber seit ich in der brennenden Qual liege, weiß ich, was es heißt, aus tiefer Not zu ihm zu schreien. Ich sage ihm auch wahrhaftig, daß ich ja gern alles, alles daran geben will; ich will ja auch nie mehr den Menschen sehen, an dem mein Herz viel heißer hängt, als ich je wußte, da ich noch mit ihm zusammen war; ich will ja keinen glücklichen Tag mehr für mich, nur daß mich der liebe Gott von meiner Qual erlöse und das arme Kind aus den Banden befreie, in die ich es geworfen habe.«

»Es ist gewiß recht, Alice«, sagte Hedwig, »daß Sie all' Ihre Wünsche, Ihr ganzes Erdenleben opfern wollen, um gut zu machen, was Sie verbrochen haben, und daß Sie darum beten, daß alle Strafe auf Sie falle und die arme Schwester vor großem Leid bewahrt bleibe. Aber ich glaube, Sie kommen zu keiner Ruhe, solange Sie mit Ihrem Gebet von Gott fast erzwingen wollen, daß er nicht geschehen lasse, was Sie angebahnt haben. Er hat seine eigenen Wege mit den Menschen; was wir Übeles tun, kann in seiner Hand zum Guten gewandt werden, aber auf andere Weise, als wir erwarten. Beten Sie um die volle Hingebung an seinen Willen; nur so können Sie zum Frieden kommen und es hinnehmen, ohne zu verzweifeln, wenn nun erfüllt sein muß, was Sie begonnen haben.«

»Ich kann nicht, ich kann nicht«, jammerte die Gequälte. »Es kann nicht geschehen, es ist schrecklich, was ich begonnen habe, es ist zu schrecklich.«

»So peinigen Sie sich fort und fort, Ihr Gebet bringt Ihnen keinen Segen und in Ihren Anklagen können Sie sich bis zum Irrsinn steigern.«

»Das ist wahr«, warf Alice sogleich ein, »das fühle ich und sagte ich mir schon oft mit Schaudern. Aber wie den Weg zur Rettung finden? Ach helfen Sie mir nur!«

»Ich kann Ihnen nur darin helfen, daß ich mit Ihnen zu unserem Herrn stehen will, daß er Reue und Buße annehme und in Ihr Herz den Glauben senken möge, daß er erlösende Wege hat, die wir nicht voraussehen können. Und dann, liebe Alice, suchen Sie Ihr ganzes Wollen und Wesen in seinem Willen aufgehen zu lassen.«

Es fiel kein liebevoller Rat bei Alice auf unfruchtbaren Boden; wenn ein solcher den Lebenssamen der Wahrheit in sich schloß, so trug er seine Frucht in ihrem Herzen.

Die Tage gingen dahin. Schaute auch aus Alicens tiefen Augen keine Freudigkeit heraus, so konnte doch Hedwig bemerken, daß das unruhig Erregte ihres Wesens sich leise milderte und wie ein stiller, freilich traurig stimmender Ton der Ergebung aus ihren Worten klang. –

Schon ging nun der Oktober zur Neige. Um die Berge lagen die Nebelwolken länger am Morgen und am Abend stiegen sie früher auf. Die lichten Sonnenuntergänge wurden seltener, doch blieben Alice und Hedwig ihren täglichen Wanderungen unverbrüchlich treu, wenn nicht entschiedene Regengüsse sie daran verhinderten. Zogen die Freundinnen auch noch so unbemerkt auf ihre Gänge aus, so wollte doch ein beharrlicher Zufall, daß sie zum Schluß der Wanderung immer noch auf den Baron treffen sollten. Alltäglich um dieselbe Zeit, an derselben Stelle sitzend, erkannten sie den Freund von weitem schon, der jetzt, aller menschlichen Gesellschaft abgewandt, sich einem beschaulichen Anachoretenleben zuzuwenden schien.

Da saß er wieder auf der weltverlassenen Bank, tief in Gedanken versunken, als am kühlen Oktoberabend die Freundinnen ihrem gewohnten Ruheplatz nahten.

»Sie müssen seit einiger Zeit eine große Vorliebe für die Einsamkeit gefaßt haben, Herr Baron«, sagte Hedwig herantretend.

»Unbeschreiblich«, rief er aus, indem er den Damen Platz auf der Bank machte und sich vor sie hinstellte; »geschieht mir aber, daß ich in solcher Weise darin gestört werde, dann zieh' ich das Begegnen der Einsamkeit vor.«

Schon hatten die Nebelwolken die Berge eingehüllt und einen grauen Schleier um das Tal gelegt, noch ehe die Sonne untergegangen war.

»So düster habe ich das Tal kaum je gesehen«, sagte Alice.

»Ich habe eben darüber nachgedacht, meine Dame«, begann der Baron ernsthaft, »warum drei vernunftbegabte Wesen vorzugsweise diese Bank freudeloser Unwirtlichkeit aufsuchen, wo man nichts sieht, als grau starrende Felswände, und nichts hört, als das Gekrächze kummervoller Waldraben, da doch nur eine Strecke davon entfernt eine Bank von einladendstem Charakter steht, die hinunterschaut auf das lebensfrohe Tal. Da hört man Herdenglocken und Hirtenjauchzen und sieht die frisch beschneiten Gletscher schimmern. Wie ist dies Unerklärliche zu deuten?«

»Für uns dadurch«, entgegnete Hedwig, »daß Fräulein Alice die Bank freudeloser Unwirtlichkeit mehr liebt, als diejenige von einladendstem Charakter.«

»Kennen ist lieben, sagt ein großer Mann«, rief der Baron aus. »Kommen Sie nur ein einziges Mal nach der anderen Bank hin und lernen Sie diese kennen! Tun Sie mir den Gefallen, mein Fräulein! Jetzt kommt ohnehin mein Geburtstag, da machen Sie mir doch eine Freude?«

Alice willigte lächelnd ein. Den Freudentag müsse ja jemand mit ihm feiern, damit ihn nicht die Erinnerung an das Vaterhaus zu traurig stimme. Da sei wohl immer ein großes Fest gewesen an dem Tage, meinte sie.

Der Baron bestätigte dies vergnüglich.

»Ich habe auch meiner Mutter geschrieben«, fügte er hinzu, »daß sie mir nur ja auf diesen Tag die Pfeffernüsse nicht vergesse, denn nur beim stillen Nagen brauner Pfeffernüsse werden die alten, echten Geburtstagsgedanken hervorgebracht.«

Die Wolken wurden dunkler und dichter; es war geraten, heimzukehren.

Als Hedwig am späteren Abend noch einmal durch den Garten ging nach dem tüchtigen Regenschauer, der aus den dunkeln Wolken gefallen war, kam der Baron von der Straße herein, er war in allem Regen herumgewandert. Er stellte sich vor Hedwig hin.

»Nein«, rief er aus, »wenn ich doch diese Augen nur einmal in Freude aufleuchten sehen könnte!«

»Ich stelle mir vor, Sie meinen Fräulein Alicens Augen, obschon es auch noch andere gibt«, bemerkte Hedwig.

»Wo gibt es denn andere, von denen man reden könnte?« warf der Baron zurück.

»Auch ich möchte Freude in diesen Augen sehen«, sagte Hedwig einstimmend. »Aber Ihnen, Herr Baron, möchte ich als alte Freundin einen guten Rat geben: beherzigen Sie doch die Briefe Ihrer Mutter wohl und besonders, was sie darin von den Töchtern des Landes und den Gefahren der Fremde schreibt.«

»Daß Gott erbarm', nun fangen auch Sie noch an!« rief der Baron jammervoll. »Fehlt nur noch, daß Sie mir auch den goldenen Haarwuchs noch ins Gedächtnis rufen.« Damit lief er fort.

Es folgten mehrere graue, dunkle Regentage. Die Freundinnen saßen meistens in ihrer Stube beisammen. Als am vierten Tage die Sonne strahlend über den Bergen aufgegangen war und das Gefilde frisch erwacht im Herbstschmuck prangte, zog es Hedwig früh hinaus; sie wollte einen Strauß der duftigen Feldblumen holen, denn heute war der angekündigte Geburtstag: der durfte nicht vergessen werden. Welch unvergleichliches Festgewand hatten doch der Himmel und die Erde angezogen, ihn zu begrüßen!

Als Hedwig nach einigen Stunden reichbeladen zurückkehrte, suchte sie gleich Alice auf, damit auch sie sich an den lieblichen Feldblumen erfreuen möge. In ihrem Zimmer war sie nicht zu finden. Hedwig ging nach ihrer eigenen Stube. Hier stand Alice marmorweiß an einen Stuhl gelehnt und hielt einen Brief in der Hand. Hedwig ging es wie ein Messer durchs Herz: das mußte der lang erwartete Brief der Schwester sein.

»Lesen Sie selbst«, sagte Alice, das Blatt hinhaltend; sie zitterte so sehr, daß es ihrer Hand entfiel; sie selbst sank auf den Sessel nieder und legte ihren Kopf in beide Hände. Hedwig ergriff das Blatt und las:

»Sei mir nicht böse, liebe Alice, daß ich Dir so lange nicht geschrieben habe. Ich konnte es nicht tun, ich hatte allen Mut und alle Freudigkeit verloren. Wie wirst Du aber erstaunen über die Mitteilung, die ich Dir heute zu machen habe: zwischen Eduard K. und mir ist alles abgebrochen. Ich werde nie nach Indien gehen, Major K. ist schon abgereist.«

Dann folgte die Erklärung der veränderten Lage.

Major K. hatte durch sein gewalttätiges Wesen Lucy mehr und mehr niedergedrückt. Vor dem Vater hatte er Respekt, in seiner Gegenwart ließ er sich nie gehen, so daß der Vater ihn nur von seiner einnehmenden Seite kannte. Lucys leise Klagen wurden daher vom

Vater immer bestimmt abgewiesen als kindische Empfindlichkeiten, die sich geben würden, sobald sie mit dem Manne vereinigt wäre und sie sich erst recht kennen würden. Lucy verlor allen Mut, schwieg stille und suchte ihre wachsende Angst damit zu beschwichtigen, daß sie sich des Vaters Worte vorsagte, wenn sie auch kaum daran glauben konnte. Der Tag der Hochzeit war festgesetzt. Noch sollte sie im nahen Kurorte einen Tag zubringen; ein alter Freund ihres Vaters war mit seiner Familie dort angekommen. Lucy kehrte am Abend nicht zurück, wie festgesetzt worden war. Der alte Herr hatte darauf bestanden, sie am folgenden Tage selbst nach Hause zu bringen, um ihren Vater zu begrüßen. Major K. war am Abend gekommen, sie zu sehen, und hatte vergebens auf sie gewartet. Am folgenden Tage trat er mit funkelnden Augen in das Haus; er traf Lucy allein. Bevor sie reden konnte, übergoß er sie mit den heftigsten Vorwürfen über ihr Ausbleiben, da sie doch gewußt habe, daß er solches nicht ertrage; es sei zum letzten Male vorgekommen, er werde Mittel finden, ihr verständlich zu machen, daß sie sich nach ihm zu richten habe, nicht nach ihren Launen. Als sie sich leise entschuldigen wollte, sie sei festgehalten worden, und der Freund ihres Vaters werde alle Verantwortung auf sich nehmen, brach der Zorn über den alten Herrn und seine Familie los und wurde so heftig, daß der Major sich bis zu rohen Schimpfworten vergaß, mit denen er bald die Freunde, bald seine Braut bewarf. Lucy saß zitternd da und weinte. Der Major machte solchen Lärm, daß beide nicht gehört hatten, wie der Vater eingetreten war und vielleicht schon länger zugehört hatte. Auf einmal stand er zwischen den beiden. So hatte Lucy den Vater in ihrem Leben nie gesehen, sie hielt sich die Augen zu vor Schrecken. Nun ertönte seine Donnerstimme: »Major K., ich habe mein Kind einem Manne gegeben, der sein Freund und Beschützer sein soll, nicht einem Tyrannen und unwürdigen Wüterich. Wir haben uns heute zum letzten Male gesehen.« Damit hatte der Vater die Türe geöffnet, Major K. war fort. Dann folgte in dem Briefe der Schwester ein großer Erguß von Glück und Freude über die Befreiung und die Aussicht, wieder bei dem Vater und Alice bleiben zu können. Zur Erfrischung aller hatte der Vater für die nächste Zukunft eine Reise beschlossen, die auch für Alice die beste Erholung sein werde. In wenig Tagen werde er mit ihr über Genf nach dem Rhonetal kommen, um Alice abzuholen auf dem Wege nach Italien.

Das war der mit Zittern und Zagen lange erwartete Brief. Hedwig schaute auf Alice. Noch saß diese unbeweglich, ihr Gesicht in die Hände legend. Hedwig trat zu ihr heran, und, ihren Arm um Alicens Hals legend, sagte sie mit frohlockendem Herzen:

»Wenn die Stunden
　Sich gefunden,
Bricht die Hilf' mit Macht herein.
　Und dein Grämen
　Zu beschämen,
Wird es unversehens sein«,

Alice war so ergriffen, daß sie nicht sprechen konnte. Sie saß schweigend neben Hedwig, deren Hand fest in der ihrigen haltend; ein Ausdruck unaussprechlichen Dankes lag auf ihrem Gesichte. Dann ging sie auf ihr Zimmer, es verlangte sie danach, allein zu sein. Sie mußte wohl ihr volles Herz vor dem ausschütten, der die schwere Last von ihr genommen und ihr Herz wieder fröhlich gemacht hatte.

Gegen Abend, als der wolkenlose Himmel über den Gebirgen golden zu leuchten begann, traten die Freundinnen aus der Türe. Hedwig hatte Alice den Geburtstag in Erinnerung gebracht, den sie auf der Bank des Barons mitzufeiern versprochen hatte. Alice war schnell bereit, ihr Versprechen zu lösen. Eilig gingen die beiden dem Nebenhügel zu. Schon kündeten die Purpurstreifen an den Felsen droben das Glühen der untergehenden Sonne an. Dort stand auch schon der Baron, an den Baum gelehnt, in dessen Schatten die Bank sich barg.

»Endlich«, rief er aus, sobald er die beiden gewahr werden konnte. Er lief ihnen entgegen, den Hügel hinunter, um sie im Triumph auf seinen auserwählten Sitz zu führen. Alice brachte ihre Glückwünsche zum Feste mit der gewinnendsten Freundlichkeit dar.

»Und die Pfeffernüsse, Herr Baron?« fügte sie bei, »sind sie richtig eingetroffen, so daß die echten Festgedanken sich entfalten können?«

»Gewiß, gewiß«, erwiderte er lebhaft, schaute aber mit großen, erstaunten Augen auf Alice. Es war das erste Scherzwort, das er aus diesem Munde vernahm. Es gibt Zustände, da die leiseste Veränderung des Tones empfunden wird; der Baron empfand sie sichtlich.

Die drei waren nun bei der Bank angelangt. Die Damen setzten sich hin, der Baron lehnte sich an den Baumstamm. Die Sonne war eben im Scheiden. Südlich warm erglänzte der Himmel gegen Italien hin. Die Felsenzacken ringsum standen rotglühend auf dem wolkenreinen Horizont. Über die Kastanienwälder schimmerte weithin der goldene Abendschein, bis hinauf zum grauen Turme, um den es leuchtend aufzuckte, wie Erinnerungen alter Herrlichkeit, und majestätisch schauten über Fels und Wald und das weite Tal hinab die flammenden Gletscher der fernen Montblanc-Kette.

Schweigend hatten alle drei in den Abend hinausgeschaut. Jetzt rief Alice plötzlich mit einer Summe, die wie die helle Freude klang:

»Daß diese Erde so schön sein kann, das wußte ich nicht bis zu diesem Abend, und daß ich noch heute diese Schönheit gesehen habe, das danke ich Ihnen, Herr Baron. In meinem Leben werde ich diesen Geburtstag nicht vergessen.«

Der Strahl, der jetzt aus diesen Augen leuchtete, mochte dem Baron seinen Wunsch in Erinnerung bringen; das wachsende Erstaunen auf seinem Gesichte zeigte, wie wenig er erwartet hatte, ihn so bald in Erfüllung gehen zu sehen.

»Diese Bank wirkt Wunder!« war der Ausspruch, mit dem er seinem Erstaunen Luft machte. »Hier müssen wir mehr Feste feiern! Den ganzen Monat November machen wir zu einem ununterbrochenen Festtag.«

»Da werden die Gäste Platz auf der Bank haben«, meinte Hedwig. »Wir beide bleiben übrig, Herr Baron. Wenn wir Fräulein Alice noch drei Tage behalten, so ist es alles.«

Einen Augenblick sah der Baron aus, als wäre er vom Schlage getroffen. Er wollte etwas sagen, aber es war, als müsse er seine Stimme erst weit heraufholen.

»Sie denken doch an kein Fortgehen«, sagte er jetzt, zu Alice gewandt.

»Von heute an kann mir jeder Tag ein Telegramm bringen, das mich sofort zum Aufbruch ruft«, erwiderte sie. »Ich gehe nicht gern jetzt und so plötzlich von hier fort. Nur die Ankunft von Vater und Schwester versöhnt mich mit dem Gedanken, und die Hoffnung, die Freunde, die ich hier gefunden, wiederzusehen.«

Der Baron blieb stumm an seinen Baum gelehnt. Auch die Freundinnen schauten schweigend, wie über den Felsenhöhen Stern um Stern erglomm und die erbleichten Gletscher nach und nach im Horizont verschwammen. Der Abendwind wehte kühl über den Hügel hin. Die Festfeiernden standen auf von der Bank, um die für alle drei ein Hauch unvergeßlicher Herrlichkeit wehte. Sie sollten sich nicht wieder da zusammenfinden.

Alice wünschte noch einmal die Mutter des lahmen Kindes zu sehen. Die Freundinnen gingen am folgenden Abend dahin, sie wußten, daß nur um diese Zeit die Frau zu finden war. Sie kam ihnen entgegen. Hedwig ließ die beiden allein und ging dem Hause zu. Das Kind saß nicht mehr unter dem Kirschbaum, die Abende waren zu kühl geworden; über die Mittagsstunden hätte es wohl noch draußen sitzen dürfen, aber da war niemand, es hin und her zu tragen.

Hedwig trat in das Haus ein. Da saß Juliette in ihrer Ecke in der niedrigen Stube, um sie herum lagen ihre Güter. Mit besonderer Freude hatte sie sich nun auf die Bilderbücher mit den Erzählungen geworfen. Ein junges Mädchen vom Orte hatte angefangen, sie lesen zu lehren. Nun war ein ganzer Eifer dafür in ihr erwacht. Diesmal habe sie auch gar nicht weinen müssen, wie sonst, erzählte Juliette, wenn sie nicht mehr hinaus konnte, nun sei es so anders in der Stube. Sonst habe sie immer denken müssen, sie könne es nicht erleben, daß der Winter ein Ende nehme, und nun habe sie so viel zu tun; bis der Frühling käme, würde sie nicht einmal fertig, alle Bilder recht zu kennen, und dann erst noch alle Geschichten! Noch einmal mußte Hedwig sie alle ansehen und raten, was zuerst sollte gelesen werden, und einstimmen in des Kindes unermüdliches Ergötzen.

Jetzt traten Alice und die Mutter herein. Diese hatte geweint, aber sie schien wohlgemut zu sein und sprach gleich mit warmen Worten von der Erleichterung, die ihr durch die unbegreifliche Wohltat an dem Kinde für den Winter geworden sei.

Als Hedwig der Frau die Hand zum Abschied reichte, sagte diese auf Alice blickend: »Es weiß doch kein Mensch, der's nicht erfahren hat, wie wohl es einem armen Geschöpfe tut, wenn eine freundliche Menschenseele, die weiß, was Kummer und Angst ist, so tröstliche Worte zu ihm redet.« –

Am Tage darauf kam für Alice der Ruf zur Abreise. Sie hatte sich auf den folgenden Tag bereit zu machen und auf der Station mit den Ihrigen zusammenzutreffen, um das Rhonetal hinauf dem Simplon zuzueilen, der noch in diesen milden Tagen passiert werden sollte.

Am leicht bewölkten Morgen zogen einmal noch die drei, die so oft diese Wege zusammen durchwandert hatten, dem Stationsgebäude zu. Dort rannte eine Menge von Passagieren durcheinander, man wußte nicht recht, wo sich hinstellen. Der Baron bemühte sich um die nötigen Reiseanordnungen, Alice hatte sich mit ihm zu verständigen. Hedwig trat auf den Perron hinaus, wo der Zug schon angekommen war. Vor der Türe eines Waggons stand einer der Passagiere, eine große, kräftige Männergestalt. Hedwig wußte augenblicklich, wen sie vor sich sah: das edle Angesicht, von reichem grauem Haar umwallt, zeugte von unzerstörbarer Jugendfrische; er trug durchaus Alicens Züge, wenn auch mit männlichem Gepräge.

Hoch aufgerichtet stand der Mann oben und schaute mit vollkommener Ruhe auf die hastig suchende, schreiende, hin und her rennende Schar der Mitreisenden nieder. Er sah ganz aus wie einer, den nichts so leicht erregt, der aber, einmal in Aufregung gebracht, die ganze Welt zur Türe hinauszuwerfen im Stande wäre.

Aus dem Fenster schaute ein junger Mädchenkopf, rings herum suchend, mit sichtlichen Zeichen großer Ungeduld. Jetzt trat Alice heraus, gefolgt von dem schirm- und schalbeladenen Baron. Der Mädchenkopf am Fenster tat einen Freudenruf. Alice sprang auf die Stufen und verschwand mit ihrem Vater im Wagen. Aber noch einmal kam sie heraus, noch einmal wurden die Hände gedrückt zum Abschied. Dann schauten noch einmal ihre sprechenden Augen nach den Freunden aus, und nun rauschte der Zug dahin und verschwand im grauen Felsental.

Schweigend gingen der Baron und Hedwig den Weg hinein zum Pensionshause zurück, wo sie sich trennten. Warum weder das eine noch das andere ein Wort sprechen konnte, das wußte eines so gut wie das andere. Am Abend trafen sie auf der steilen Strecke am Hügelwege wieder zusammen. Sie hatten nichts verabredet, aber es kam beiden vor, als könnte es nicht anders sein, als daß sie dort hinauf gehen müßten. Bei der Bank angekommen, warf der Baron sich auf den Boden nieder, Hedwig setzte sich an die bekannte Stelle. Eine lange Weile verging, es sagte keines ein Wort. Endlich brach der Baron los:

»Hier halt' ich's nicht mehr aus; es ist geradezu, als sei die Erde ringsum wüst und leer geworden und alles vorbei.«

»Mir ist nicht viel anders als Ihnen«, sagte Hedwig; »ich kann es auch kaum ertragen, daß alles vorbei ist.«

Nun schütteten die beiden einander ihr Leid aus, es tat ihnen wohl, auszusprechen, wie weh jedem zu Mute war. Dann folgte wieder ein langes, lautloses Schweigen. Welch' reiche, schmerzliche und liebliche Erinnerungen umwehten all' die Wald- und Wiesenpfade, die man von hier erblickte, die Hedwig mit Alice durchwandert hatte.

Der Baron mochte seinen eigenen Gedanken nachgehen. Mehrere Male schon hatte er den Versuch gemacht, etwas zu sagen, aber es gelang ihm nicht. Jetzt fing er nochmals an.

»Sagen Sie mir, wollen Sie mir als gute, alte Freundin einen Rat geben?«

»Von Herzen gern und treulich«, antwortete Hedwig.

»So sagen Sie mir – glauben Sie – was meinen Sie, wenn ich auch nach Italien ginge? Ich meine, ob ich – ob sie – ob wir beide –« Der Baron stockte.

»Gehen Sie nicht nach Italien«, fiel Hedwig ein. »Sagen Sie mir nichts weiter; aber glauben Sie mir, gehen Sie nicht nach Italien jetzt.«

»Sind Sie sicher?«

»Ja, ganz sicher.«

»So. Dann geh' ich heim zur Mutter«, sagte der Baron halb komisch, halb schmerzlich resigniert.

Am folgenden Morgen, als Hedwig aus dem Frühstückszimmer auf die Veranda heraustrat, stand der Baron völlig reisefertig draußen. Der bepackte Wagen vor der Tür bestätigte Hedwigs Vermutung.

»Sie reisen, jetzt gleich?« fragte sie erstaunt.

»Ja«, erwiderte er, »je schneller, je besser; nur fort jetzt, fort, aus allem weg! Aber schön war's hier!«

Noch einmal schaute er ringsum; seine letzten Blicke schweiften hinauf nach der weinumkränzten Waldhöhe. Dann schüttelte er Hedwig die Hand und stieg in den Wagen.

Wenige Tage nachher verließ auch Hedwig den lieblichen Erdenwinkel im Rhonetal, unvergeßliche Erinnerungen mit sich tragend.

Frau v. L. hatte schon längere Zeit vorher die Pension verlassen, nicht ohne Hedwig noch einmal wohlmeinend ihren Weg, den sie als den einzig richtigen erkannt wissen wollte, ins Gedächtnis zu rufen. Hedwig erkannte gern die Wohlmeinenheit an; aber auf dem Wege konnte sie nicht folgen.

Nur die lahme Juliette ließ sie allein noch als nahe Bekannte zurück, eine Bekannte, von der ihr der Abschied leid tat. Auch Hedwigs letzte Blicke beim Fortgehen suchten nach der Bank am waldumsäumten Rebenhügel.

Siebentes Kapitel

Ein Jahr war vergangen. Die letzten Oktobertage mit ihrem milden Sonnenschein hatten in Hedwigs Herzen das Andenken an die vergangenen sonnigen Herbsttage lebendig wachgerufen. Mit Alice war sie in fortwährendem Verkehr geblieben. Die Reisenden hatten im Frühjahr Italien verlassen und waren nach Norddeutschland gezogen, um da die zahlreichen Verwandten der verstorbenen Mutter aufzusuchen und den Sommer mit ihnen zu verleben. Auf den Spätherbst gedachten sie nach ihrem Sitze in Südfrankreich zurückzukehren.

Alice hatte die Waldhügel des Rhonetals in warmem Andenken behalten.

»Nicht die Pinien des Südens«, hatte sie geschrieben, »noch die herrlichen Buchenwälder hier auf Rügen haben sich so tief in mein Herz gegraben wie die Wipfel jener dunklen Kastanienbäume, auf welche eine einsame Bank am grünen Bergabhange niederschaut.« –

Endlich erschien der langersehnte, erste Brief aus der Villa Inglese im Süden. Hedwig öffnete ihn mit bangender Erwartung. Wie mochte Alice nach allen ihren Erfahrungen in der alten Umgebung zu Mute sein? Nach den herzlichen Worten der Begrüßung und den letzten Nachrichten über den Aufenthalt in Deutschland hieß es weiter in dem Briefe:

»Doch nun zu unserer Ankunft in der Heimat und allem seither Erlebten. Kaum hatten wir unsere Villa betreten, als mein Vater sogleich nach seinem Freunde, dem Prediger, ausschickte, der ihm doch über die ganze Zeit der Reise empfindlich gemangelt und ihm das Heimkommen lieb gemacht habe, wie er uns sagte. Pastor A. erschien. Er kam uns allen so schweigsam und zurückhaltend vor, daß es uns schien, die Zeit der Trennung habe ihn uns völlig entfremdet und von uns abgelöst. Es war eine peinliche Stunde. Wie er fortging, sagte ihm mein Vater, nun möge der Pastor nur sein gewohntes Wesen wieder herauskehren; so ginge es nicht, er wisse auch nicht, wie man in der Zeit der Trennung sich hätte fremd werden können, im Gegenteil gedenke er des alten Freundes sich mehr zu freuen als je, nun er der oberflächlichen Beziehungen ein ganzes Jahr durch genug gepflegt habe. Er forderte den Pastor auf, seine alten Gewohnheiten wieder aufzunehmen und uns seine Abende zu schenken. Der Pastor sagte einige ausweichende Worte von In-Anspruchgenommensein. Nun ergriff der Vater seine Hand und sagte mit gebieterischer Herzlichkeit: ›Pastor A., für Ihren Sonnabend und Sonntag geben wir Sie frei, die anderen Tage gehören Sie uns; dabei bleiben wir‹.

»Pastor A. mußte versprechen, in den nächsten Tagen wiederzukommen und fortzufahren wie in alter Zeit. So saßen wir einige Tage darauf in alter, gewohnter Weise um das Kamin herum, und es war, als könnten einmal noch die vergangenen schönen Tage wiederkommen. Aber alles war doch so anders, als es gewesen war. Pastor A. saß wohl wie ehemals mit gekreuzten Armen in seinem Lehnstuhl, aber er war still, und seine Stimme hatte einen ganz kalten Ton bekommen, vornehmlich, wenn er zu mir sprach, was er freilich nur tat, wenn es die Höflichkeit gebot. Mein Vater saß neben ihn, und erzählte von unserer Reise.

»›Und nun sind wir wieder hier‹, schloß er seine Erzählung ab, ›und Sie hier wieder zu finden, Pastor, das ist meine Freude. Ohne Sie wäre es doch kaum erfreulich, den Winter hier zu verweilen.‹

»Pastor A. sagte einige Worte von Dank, den er meinem Vater schulde, dessen Haus ihm hier im fremden Lande eine Heimat geboten habe, die er nie vergessen werde, auch in der eigenen, alten Heimat nicht, wohin er in kurzer Zeit zu ziehen gedenke, denn er habe einen Ruf nach Schottland angenommen. Mein Vater war so überrascht, daß er einen Augenblick kein Wort sprechen konnte. Dann sprang er auf und lief im Zimmer hin und her. Endlich stellte er sich vor den Pastor hin und rief erregt aus: Haben Sie das wirklich getan, Pastor? Wie konnten Sie! Wie können Sie dies herrliche Land gleich wieder dran geben und die grauen Nebel suchen? Ist Ihnen nicht wohl genug hier? Es ist nicht möglich!‹

»Dann lief der Vater wieder im Zimmer herum in steigender Aufregung.

»Pastor A. sagte, er habe immer danach verlangt, nach den Hochlanden zurückzukehren, wo er seine Kindheit verlebt habe, der Tausch werde ihm nicht schwer.

»›Was, nach den Hochlanden?‹ rief mein Vater aus und stand vor Erstaunen mitten in seinem Laufe still. ›Nicht einmal nach Edinburg? Das ginge noch an! Doch nicht nach den Einöden der Trossecks, wo Sie einmal gelebt haben?‹

»Das war gerade der Ort, wohin der Pastor berufen war, nach dem er sich auch lange schon gesehnt hatte, wie er sagte, wohin er vor allen anderen gewünscht hatte versetzt zu werden.

»›Gesehnt‹, brummte mein Vater vor sich hin, ›Jugenderinnerungen, Einbildungen!‹ Dann brach er wieder los: ›Das ist nichts, Pastor! Bin ich nicht auch ein Schotte? Kenne ich unser Land nicht auch? Glauben Sie mir: ein paar Sommer lang als Junge sich in den Hochlanden herumtreiben und als lebensreifer Mann da sich festsetzen, die endlosen Wintermonate in dieser Abgeschiedenheit eingeschneit in seiner Hütte verleben, das ist zweierlei. Abgetrennt zu sein von allem, was lebt und denkt, wie wollen Sie das fertig bringen? Und dann Sie, Pastor, allein wie Sie stehen, Sie haben ja nicht einmal eine Frau!‹ Mein Vater hatte sich in volle Aufregung hinein gesteigert, sonst hätte er ihm dies Wort wohl nicht so frei hingeworfen.

»Völlig ruhig entgegnete der Pastor:

»›Die Gegend der Trossecks ist meine Heimat, sie ist mir lieb, und ich freue mich, dahin zu gehen. Als ich die Stelle annahm, wußte ich, daß ich allein dahin gehe und allein da bleiben werde. Ich weiß, daß eine Frau von geistigem Wesen es nicht in jener Einsamkeit aushalten würde, daß sie nicht wüßte, was sie da mit ihrem Leben anfangen sollte, daß es ihr als ein Begrabstein erschiene. Das soll der Mann sich sagen, der sich eine solche Lebensstellung wählt.‹

»Mein Vater, der keine Ahnung hatte, wessen Worte Pastor A. wiederholte, sagte nun beschwichtigend:

»›Bah, bah, Pastor, so schlimm ist's nicht, so könnte nur eine Frau reden, die Sie nicht kennt.‹

»Pastor A. schwieg. Es trat eine große Stille ein. Nun stand ich auf, hielt Pastor A. meine Hand hin und sagte:

»›Oder eine, die ihr eigen Herz nicht kannte und die des Ihrigen nie wert gewesen wäre. Aber ich bin durch viel Reue und Buße gegangen und habe bitter gelitten um meiner Worte willen. Nun vergeben Sie auch und lassen Sie uns die alten Freunde sein, solange wir Sie noch bei uns behalten dürfen.‹

»Pastor A. schaute mich an, als spräche ich eine Sprache, die er erst nach und nach verstehen könnte. Dann ergriff er meine Hand, und dann – dann hat er sie gar nicht wieder losgelassen, und so kam es dahin, daß ich heute seine Verlobte bin, seiner durchaus nicht wert in der Armut meines Wesens, aber unaussprechlich froh und reich durch den Reichtum seines inneren Lebens und die Fülle seiner großen Liebe. Im Frühjahr ziehen wir nach den Hochlanden. Keine Gegend der Erde wäre mir zu einsam an seiner Seite, und was ich mit meinem Leben anfangen kann, weiß ich auch. Wieviel habe ich gelernt auf dem unvergeßlichen Fleckchen Erde im Rhonetal! Es wird ja der Leidenden und Traurigen genug geben unter der Herde von Pastor A., daß auch mir mein Teil zu lindern und zu helfen zufallen wird, und ich kenne keine herzerfreuendere Tätigkeit. Der Vater und Lucy ziehen mit; wenn auch nicht ganz zu uns, so doch in unsere Nähe, auf das alte Gut am Tay. Der Vater sagt, wer einmal mit Pastor A. gelebt habe, der könne nicht mehr ohne ihn sein; so müsse er denn, gern oder ungern, wieder in die Hochlande zurück.«

Alice schloß, noch einmal in warmer Weise der Tage im Rhonetale gedenkend, an die sich für sie die tiefst bewegenden, ihr innerstes Leben umgestaltenden Erinnerungen knüpften. In keinem ihrer Briefe hatte sie des lebensfrohen Gefährten aus jenen Tagen vergessen, auch in diesem fragte sie mit Herzlichkeit nach ihm.

Von dem Baron hatte Hedwig lange Zeit keine Kunde mehr, bis sie endlich durch eine gemeinsame Bekannte hörte, er sei zum großen Leiden und Kummer seiner Mutter für immer nach Amerika gegangen. –

Wieder war das Jahr herum; wieder lag der Herbsthauch auf den Gefilden und erregte in Hedwigs Herzen Erinnerungen an vergangene Tage, als sie über die Gartenhecke hin nach den fallenden roten Blättern schaute. Der Brief, den ihr eben das Mädchen übergab, stimmte völlig zu ihren Gedanken: es war die Hand des alten Freundes, von dem sie so lange nicht einen Ton mehr vernommen hatte.

Der Brief kam nicht aus Amerika. Hedwig las: »Der alten Freundin eine frohe Botschaft zu verkünden, ergreife ich die Feder; für die schlimmen lasse ich sie lieber liegen. Ich war nach fernen Landen gezogen, weil ich es daheim nicht mehr aushalten konnte. Fort mußte ich – am liebsten über den Ozean. So tat ich. Aber ich bin herumgeholt worden. Erst ging unser Schiff fröhlich dahin, das Meer wogte im Sonnenschein, und ich sagte: Woge nur immer höher und trage mich so weit weg, daß ich gar nichts mehr weiß von allem, was dahinten liegt! Dann kam ein Sturm über uns hereingebrochen, den keiner vergessen wird, der ihn mit erlebt hat. Wir waren alle unseres

Endes gewärtig. Da wird es einem armen Menschenwesen elend zu Mute. Ich lag unten in meiner Kabine; die Wogen brüllten ringsum und drangen herein. Ich sagte mir: Es ist der Tod, wenn nicht Gott im Himmel uns noch helfen will. Und ich wollte beten und sagen, ich habe ja auch meine Pflicht getan und recht gelebt und wollte es weiter tun; nun solle Er mir auch beistehen in der Not. Aber vor mir stieg das gerade Gegenteil von alle dem auf, und aus allen Zeiten meines Lebens stand alles Unrecht und schlechte Tun, das ich lange vergessen hatte, auf einmal klar vor meinen Augen und fing an mich zu brennen im Gewissen, so daß ich in große Angst geriet und es in mir stöhnte: ›Es hilft dir nichts mehr, du fährst ins Verderben.‹ Da kam mir wie ein Licht das Wort ins Herz, das mir einmal Eindruck gemacht hatte: ›Doch, ich weiß etwas, das helfen kann‹ – und ich fiel auf meine Knie nieder und rief: ›Ach, lieber Gott, sei du dem armen Sünder gnädig!‹ Es war ein Gebet aus der Tiefe heraus, das können Sie mir glauben.

»Wir wurden gerettet. Wie wir ans Land stiegen, war mir, als lägen Jahre hinter mir, seit ich die Heimat verlassen hatte, und als sei ich ein anderer, als da ich drüben abgereist war. Was wollte ich da tun im fremden Lande? Warum war ich denn fort von dort, wo mir wohl sein konnte und wo ich daheim war? Warum war ich von der Mutter weggelaufen, die nun einsam drüben saß und weinte? So fragte ich mich und setzte mich hin und tat gerade dasselbe, was drüben die Mutter tat. Nur wieder heim, war mein einziger Wunsch. Ihn gleich auszuführen, ging ja nicht an; aber mich für Jahre oder für immer im fremden Lande niederzulassen, wie ich gedacht hatte, davon konnte keine Rede mehr sein. Ich brachte ein Jahr drüben zu, es wurde mir lang genug; aber gelernt habe ich manches und weiß auch für mein ganzes Leben, daß der die Heimat zu schätzen weiß, den einmal das Heimweh bis auf die Knochen abgezehrt hat. Was ich in den Todesschrecken der Sturmnacht auf dem Schiffe gelernt, das habe ich seither auch nicht wieder vergessen und will es, so mir Gott helfe! mein Leben lang im Gedächtnis behalten! Aber als ich endlich wieder auf meinem heimatlichen Boden stand, da war mir, als müsse ich allen um den Hals fallen, die auch darauf standen.

»Und so fuhr ich am sonnigen Morgen die Straße hinauf, wo rechts das Haus der Mutter steht, und links steht auch eins. Und wie ich bei diesem an die Fenster hinaufschaue, da seh' ich auf dem Balkon ein Mägdlein stehen, dem fielen die Ringellocken über die Achseln herunter wie lauter Gold in dem hellen Sonnenschein, und das Mägdlein erkennt mich und lacht und winkt mit Augen und Händen und ist das lieblichste Wesen, das je die Sonne beschienen hat. Und ich lache und winke wieder, und wir winken noch einmal, und dann geht's rechts und hinein zur Mutter.

»Und nun dieses Willkommen und diese Freudentränen! Denn ich fiel der guten Mutter als völlige Überraschung ins Haus, und mitten drin sag' ich: ›Da hast du mich wieder, Mütterchen, und weil es dir Freude macht, so will ich denn auch gleich heiraten.‹ Schreckenbleich hält sie einen Augenblick inne. ›O mein einziges Kind‹, ruft sie aus, ›so hast du dein Herz in Amerika –‹

»»Nein, nein, Mütterchen, so weit weg nicht‹, sag' ich; ›nur drüben hab' ich's, bei Nachbars Lili, und wenn dir's recht ist, so holen wir sie 'mal gleich herüber.‹ Nun kamen die Freudentränen erst recht, und von Zeit zu Zeit kommen sie seither immer wieder, wenn mich Mütterchen ansieht und dabei die Hände faltet, so als dankte sie leise. Und zu danken haben wir auch Ursache, sind wir doch die drei glücklichsten Menschen auf diesem Erdenrund. Und nun kommen Sie nur bald nach Deutschland, uns alle drei zusammen zu sehen! In der Schweiz bin ich gewesen, Gott weiß es, und Sie wissen es auch! Aber meine kleine, prächtige Lili muß ich Ihnen durchaus zeigen; ich gebe Ihnen mein Ehrenwort darauf, sie wird Ihr Herz in fünf Minuten gewinnen. Und nun ist's an Ihnen, zu erzählen, lassen Sie mich nicht lange warten!

    In bleibender Freundschaft
                 Ihr O. v. K.«

* *
*

Um die waldigen Hügel im Rhonetale haucht noch alljährlich der Herbst seinen duftigen Farbenschmelz. Am Waldsaume hoch oben steht noch die alte Bank und schaut auf dieselbe Schönheit nieder, die sie von Jahr zu Jahr erneut gesehen, und hinter dem Kastanienwald am einsamen Abhang steht eine andere noch, auf welche dunkle Baumwipfel und graue Felsen blicken und ihr von alter Zeit erzählen.

Unter dem Kirschbaum am Wiesenwege sitzt aber nicht mehr das lahme Kind. Seine Hülle liegt draußen auf dem sonnigen Gottesacker unter dem grünen Rasen. Die weißen Schmetterlinge schweben wonnig auf und nieder um den stillen Grabhügel, als wollten sie des Kindes Los verkünden, das, seiner kranken Hülle entflohen, mit entfesselten Schwingen zum neuen, sonnigen Leben erwachen durfte.

Biographie

1827 *12. Juni:* Johanna Louise Heusser wird in Hirzel, einem oberhalb des Zürichsees gelegenen Dorf, als viertes von sechs Kindern der Arztes Johann Jakob Heusser und seiner Ehefrau, der als Dichterin religiöser Lieder hervorgetretenen Anna Margaretha (Meta) Barbara Heusser, geb. Schweitzer, geboren.

1833 Besuch der Volksschule (bis 1839).

1839 Besuch der Repetierschule und der privaten Sekundarschule (bis 1841).

1841 Übersiedlung zu einer entfernten Tante nach Zürich, wo sie Privatunterricht in modernen Sprachen und am Klavier erhält.
Beginn der Freundschaft mit Betsy Meyer und deren Bruder Conrad Ferdinand Meyer.

1844 Besuch eines Pensionats in Yverdon.

1845 *Herbst:* Rückkehr nach Hirzel ins Elternhaus zur Unterrichtung ihrer jüngeren Schwestern.
Umfangreiche Lektüre, u.a. der Werke von Homer, Ferdinand Freiligrath, Annette von Droste-Hülshoff, Lord Byron, Gotthold Ephraim Lessing und vor allem Johann Wolfgang von Goethe.
Erste Gedichte entstehen.

1852 *9. September:* Heirat mit dem sechs Jahre älteren Zürcher Rechtsanwalt und Redakteur der »Eidgenössischen Zeitung« Johann Bernhard Spyri, einem Jugendfreund ihres Bruders Theodor. Anschließend Übersiedlung nach Zürich.
Enger freundschaftlicher Verkehr mit Betsy und Conrad Ferdinand Meyer.
Bekanntschaft mit Richard Wagner, für den sich sich jedoch nur kurzzeitig begeistern kann, und mit Gottfried Keller, den sie zwar als Schriftsteller, nicht aber als Menschen schätzt.

1855 *17. August:* Geburt des Sohnes Diethelm Bernhard.
In den folgenden Jahren versinkt Johanna Spyri in tiefe De-

pressionen, die vermutlich durch Konflikte in der Familie ausgelöst und durch den Verkehr in pietistischen Kreisen verstärkt worden sind. Sie leidet auf erdrückende Weise an Schuldkomplexen, die sie später schreibend zu bewältigen sucht.

1868 Nach der Ernennung von Johann Bernhard Spyri zum Zürcher Stadtschreiber zieht die Familie in die Amtswohnung im alten Stadthaus am Zürichsee (bis 1884).

1871 Ihr erste Erzählung »Ein Blatt auf Vrony's Grab« erscheint anonym.

1872 »Nach dem Vaterhause« (Erzählungen).

1875 Beginn des Engagement für die neu gegründete Höhere Töchterschule in Zürich. Ansonsten steht sie der entstehenden Frauenbewegung ablehnend gegenüber und spricht sich auch gegen die Zulassung von Frauen zum Universitätsstudium aus.

1876 Tod der Mutter.

1878 »Heimatlos« (Erzählungen). Beginn der Beziehung zum Verlag Friedrich Andreas Perthes in Gotha, der in den folgenden Jahren nahezu alle ihre Werke herausbringt.

1880 »Heidi's Lehr- und Wanderjahre. Eine Geschichte für Kinder und auch für Solche, welche die Kinder lieb haben« (Roman, anonym). Das Buch wird ein sensationeller Erfolg, noch im Jahr der Erstausgabe erscheinen zwei weitere Auflagen (fortan unter ihrem Namen).

1881 »Heidi kann brauchen, was es gelernt hat« (Roman).

1883 »Wo Gritlis Kinder hingekommen sind« (Erzählungen).

1884 *3. Mai:* Tod des einzigen Sohnes Bernhard nach langjähriger schwerer Krankheit.
19. Dezember: Tod des Ehemannes Johann Bernhard Spyri. In ihrer im Folgejahr publizierten Erzählung »Aus dem Leben eines Advokaten« setzt sie ihm ein Denkmal.

1885 Umzug in eine Wohnung in der Vorstadt von Zürich.
In den folgenden Jahren unternimmt sie zahlreiche Reisen an die italienische Riviera, nach Montreux und St. Moritz.

1886 »Was soll denn aus ihr werden?« (Erzählung, Fortsetzung unter dem Titel »Was aus ihr geworden ist«, 1889).
1889 »Aus den Schweizer Bergen« (Erzählungen).
1901 *7. Juli:* Johanna Spyri stirbt im Alter von 74 Jahren in Zürich.

Erzählungen aus dem Biedermeier

Biedermeier - das klingt in heutigen Ohren nach langweiligem Spießertum, nach geschmacklosen rosa Teetässchen in Wohnzimmern, die aussehen wie Puppenstuben und in denen es irgendwie nach »Omma« riecht.

Zu Recht. Aber nicht nur.

Biedermeier ist auch die Zeit einer zarten Literatur der Flucht ins Idyll, des Rückzuges ins private Glück und der Tugenden. Die Menschen im Europa nach Napoleon hatten die Nase voll von großen neuen Ideen, das aufstrebende Bürgertum forderte und entwickelte eine eigene Kunst und Kultur für sich, die unabhängig von feudaler Großmannssucht bestehen sollte.

Georg Büchner Lenz **Karl Gutzkow** Wally, die Zweiflerin **Annette von Droste-Hülshoff** Die Judenbuche **Friedrich Hebbel** Matteo **Jeremias Gotthelf** Elsi, die seltsame Magd **Georg Weerth** Fragment eines Romans **Franz Grillparzer** Der arme Spielmann **Eduard Mörike** Mozart auf der Reise nach Prag **Berthold Auerbach** Der Viereckig oder die amerikanische Kiste

ISBN 978-3-8430-1884-5, 444 Seiten, 29,80 €

Erzählungen aus dem Biedermeier II

Annette von Droste-Hülshoff Ledwina **Franz Grillparzer** Das Kloster bei Sendomir **Friedrich Hebbel** Schnock **Eduard Mörike** Der Schatz **Georg Weerth** Leben und Taten des berühmten Ritters Schnapphahnski **Jeremias Gotthelf** Das Erdbeerimareili **Berthold Auerbach** Lucifer

ISBN 978-3-8430-1885-2, 440 Seiten, 29,80 €

Erzählungen aus dem Biedermeier III

Eduard Mörike Lucie Gelmeroth **Annette von Droste-Hülshoff** Westfälische Schilderungen **Annette von Droste-Hülshoff** Bei uns zulande auf dem Lande **Berthold Auerbach** Brosi und Moni **Jeremias Gotthelf** Die schwarze Spinne **Friedrich Hebbel** Anna **Friedrich Hebbel** Die Kuh **Jeremias Gotthelf** Barthli der Korber **Berthold Auerbach** Barfüßele

ISBN 978-3-8430-1886-9, 452 Seiten, 29,80 €